ヌルラン

nururan shinsan nameko

辛酸なめ子

太田出版

ヌルラン

1

また、おかしな雲が出ている……。

空一面を覆うウロコのような雲。グレーから緑がかっているのが不気味で、レミは軽く身ぶるいしました。昨日の夕陽も妙に赤黒かったし、何かの前触れでしょうか？　表参道を行き交うモードな人々は不気味な雲を一切気にしないで、スマホを片手に、地下鉄の入り口に吸い込まれてゆきました。

空を眺めていたら、人とぶつかり「すみません」と咄嗟にあやまったレミ。東京砂漠では立ち止まることすら許されないのでしょうか。今、ぶつかった女子はハイブランドのバッグを持っていて、それだけでも負けた気分で、自信が失われてゆきます。

レミが空ばかり見ているのは、暇だからかもしれません。この日も、仕事の打ち合わせに行ったら、担当しているページを半分に減らすと言い渡されたばかりでした。今回は半分に減って、だんだんと終了に向かっていっているような予感がします。最初に会った時から心を許せない感じがした、カルチャー誌の副編集長。アナ・ウィンターに影響を受けたようなヘアスタイルとファッションで、いつも最新モードに身を包み、武器みたいなバッグを持って、会うたびに靴から頭頂部まで品定めしてきます。そして話すときにはなぜか生え際ばかり見てくるのです。とにかく、その女性、平沢さんに、これからはインスタグラマーの時代だからと言われ、ブロガーのレミの商品価値は縮小していると遠回しに告げられたのでした。ブログとツイッターにかまけているうちに、インスタグラム、すっかり出遅れてしまいました。

よせばいいのにインスタグラムを開くと、こっそりフォローしている人気インスタグラマー、エレナの投稿が目に入ってきました。彼女は当初はブロガーだったはずですが、いつの間にかインスタグラマーに華麗に転身し、今や10万人以上のフォロワーを誇る存在。レミが招待されていない、コスメブランドのパーティの写真と動画がアップされていました。大きな会場でのパーティショットから、特別な人だけが呼ばれる食事会までの流れが自慢げに投稿されています。ハッシュタグにはブランド名、会場、集まったセレブの名前が並んでいました。インスタ映えとかって、バカじゃないの。とつぶやいてみましたが、気は晴れません。インスタは一応登録はしているのですが、ほとんど投稿していません。そもそもハッシュタグの出し方もちゃんと把握しておらず、1回やってみたら全角と半角を間違えていて、記号として認識されませんでした。インスタ、無理かも、とその時実感し、今はキラキラ女子の生活を盗み見するくらいにしか使っていない状況です。だいたい自分の日常を#を付けて素敵な単語で自慢する風習には、日本女性の奥ゆかしさがみじんも感じられず、はしたないと思うのは古い昭和の人間だからでしょうか。

落ちこんだときは、買い物すると元気になったりするけれど、仕事が減ることがわかった今、物価が高い表参道の店に入る勇気はレミにはありませんでした。（しばらくプロパーでは服は買えない……かといって、インフルエンサーとしての価値も下がっているので、サンプルセールの招待状も来なくなるかも）

うなだれ気味に歩いていたら、骨董通りのセレクトショップに行った方がいい、という声というか思考がおりてきました。駅に入らずそのままお店に行くと、前から狙っていたニットがなぜか40％オフで売られていて、購入。少しだけ元気になりました。（今のは直感だったのかな。それにしては自分じゃない声みたいだったけど）

とレミは思いましたが、それよりも半ば無意識のうちにスマホをチェックするのに忙しく、脳の奥で聞こえた声はスルーしてしまいました。

ニュースアプリとインスタ、ＬＩＮＥ、ツイッターを立ち上げたり閉じたりする行為を１日１００回くらいやっていて、自分だけではなく確実に現代人の生産性や集中力が落ちているのを感じますが、これは何の陰謀なのでしょう。海外の大学の博士も、スマホでＩＱが下がると警鐘を鳴らしていた記憶があります。半分スマホに魂を吸い取られたような状態で、スマホゾンビと化す現代人。

（でも、皆一緒に堕落するなら別にいいかも）と、レミは負の連帯感を覚えていました。

（どうせもうすぐ人類滅亡するかもしれないし……）と、ネガティブな妄想に浸るのが暗い喜びでした。人生がうまくいっていないと、悩んでいる時の友人が、悲惨な事故現場の写真をネットで見るのにハマっていたと聞いたことがありました。人間は油断すると負の感情に染まってしまうのかもしれません。自分が惨めなときは、もっと悲惨な人のニュースを見たくなってしまいます。

滅亡といっても、思い返せば結局１９９９年も何事もなく過ぎていったし、２０１２年もマヤ暦の滅亡説があって南仏の小さな山に避難する人々がいたけれど、このとおり、人類は普通に存続しています。でも、滅亡予言の計算が間違っていたという説もあるのでまだ油断できません。

レミは地下鉄で帰りながらスマホで「滅亡」で検索し、家に着いてからも調べ続けました。

今度滅亡したら、通算5回目になるらしいです。1度、夢の中でそのビジョンを見せられたことがあります。大きなモニター上で、高速再生で文明が発展しては滅ぶ、という繰り返しの映像を、シムシティのゲーム画面のように眺めていましたが、そう遠くない未来、同じようなことが次もあるだろうと薄々感じたのを覚えています。聞いた話によると、霊感の強い友人の友人がたまにUFOの母船に乗って宇宙連合の会議に出ているそうですが、議題でしょっちゅう、そろそろ地球、リセットかけて仕切り直してもいいんじゃない？　みたいな流れになるとか。でもそこで長老的な人が「いやいやまだ彼らにはやり直せますよ」と止めてくれて、ギリギリのところで滅亡は回避。今地球は、天変地異や異常気象が頻発していますが、これでも宇宙人がガードしてくれているらしいです。火星人は地震のパワーを4割くらいまで軽減できるとか。噴火直前の火山からたまにUFOが飛び立つのを目撃されるのも、何か噴火を抑える薬剤でも投入しているのかもしれません。宇宙人、意外と世話好きです。

滅亡の危険因子はほかにもあります。小惑星や彗星が地球に追突する。それによって地軸が傾き、大災害が発生。およそ6500万年前、恐竜が絶滅した悲劇の再来が……。太陽の強大な磁気を浴びることで引き起こされる災害も懸念されています。

（でも一瞬で蒸発するのなら、苦しくなくていいかも）と、またネガティブな幻想に浸るレミ。

火山の噴火も破壊力大です。2億5000年前にはシベリアの火山の噴火によって地球の生物が滅亡しました。また、超新星爆発によって有害な宇宙線やガンマ線が降り注ぐ危険も。また、前から言われていることですが、地球がフォトンベルトという宇宙に漂う帯状の粒子に突入することで何か恐ろしい変化が起きる、という説もあります。

さらに最近は人工知能、ＡＩの進化によって人類滅亡が引き起こされるという話も出てきています。人類が進化しすぎたＡＩに取って代わられるとか。近い将来人間はＰＣやデバイスの奴隷となり、電気代を稼いだり電気を作り出すためだけに使役される世の中が来るのかもしれません。コンセントを挿す場所を求めてさまよう充電ゾンビと化した人をたまに見かけると、もうすでにそうなりかけている気もしますが。ちなみにホーキング博士は、ＡＩの技術が人類を滅ぼす、と警鐘を鳴らしていました。ホーキング博士は、ヒッグス粒子を発見したら人類は滅ぶ、とも警告し、最近では「100年以内に人類は滅ぶ」と時間を区切ってきています。極度の悲観論者なのでしょうか？　それとも亡くなる前、メランコリックな気持ちになっていたのかもしれません。

今そこにある危機としては、エボラ出血熱も恐ろしい災厄。世間がそのニュースで騒いでいたとき、レミはついにパンデミックで人類終了かとおののいていました。エボラへの不安と恐怖で頭がいっぱいになり、知人へのメール返信の最後にも「もうすぐ人類終わりそうですね」と書いたりしていたくらいです。「今日は雨なのでお気をつけください」みたいなノリで。（そうやって変なメールばかり送っているから仕事が減ってしまったのかも）と、レミは少し反省しました。

ある夜、エボラ出血熱のニュースを見ながら思わず「もう終わりか……」とつぶやいたその時、空中から「ちがうよ！」と澄んだ声がしたのです。家でひとりでいたレミはあたりを見回しました。当然誰もいないしテレビもついていません。マンションの壁も厚いです。霊かポルターガイストか……。でも不思議とその声は怖い感じはしなかったのです。いつも心の中で会話してる相手の声が、耳の奥から1段階外に出てきた感じでした。表参道で聞こえた声よりも、はっきり聞こえました。

思い返せば、頭の中で声がするようになったのはいつの頃からか、レミが物心ついた時には、何か問いかけると答えが返ってくるのが、ごく当たり前のことになっていました。

悩んでいるときや、困っているとき「これからどうやって生きていけば……」という焦燥感にかられると、その声が「大丈夫だよ」とか励ましてくれたり、アドバイスをしてくれることがあったけど、単に自問自答だと思っていました。それが、自分の想念の域を超えて、「このビルのトイレはきれいだから行っておこう」とか「今夜のパーティは料理がショボいからどこかで食べて行ったほうがいいね」とかいった具体的なアドバイスが浮かび上がるようになったのは最近のこと。

誰？　と呼びかけてもわからない。でも、レミに聞こえる声には2種類あって、それは高次元と低次元に大別できるでしょうか。例えば、寝入りばなに「まだ子どもだから戒名はいらないよ」「遊んで……」とか、おじさんの声で「おい！」とか言ってくるのはたぶんどこかでくっつけてきた浮遊霊の声。通りすがりの一見《いちげん》さんで寝て起きて次の日にはいなくなっています。頭の中で聞こえる声の主はそれとも違う、もっとフレンドリーでいつも一緒な感じです。

例えば、二十数年前の小学生の時、レミは人間関係で悩んでいました。4人の仲良しグループで、数ヶ月に1人ずつ無視される、という変なルーティーンができていました。たぶんこれといった理由はないのですが、周りの目が気になる女子小学生にとって、はた目にもハブられているのは辛いです。冬の寒さと相まって、孤独感にうちひしがれたレミは、(死のうかな……) と思いはじめていました。(私が死ねば、無視されるという流れを断ち切ることができるかも。もう誰にも辛い思いをして欲しくない) と、当時住んでいた群馬県では冬になると軒先にツララが下がっていたので、その尖ったツララを持って体を刺そうかと思い詰めていました。レミは、ツララを折って手に取り、これでひと思いに……と泣きながら首に押し当てたりしました。

その時心の中で声がしたのです。「死んじゃダメだよ!」と。「今は辛くても、大人になったらそんなことどうでもよくなるし、もっとレベルの高い友だちを作ればいいよ!」と……。レミは自問自答なのかな? と思いましたが、心の声に励まされて、ツララ自殺は思い止まりました。その声の通り、当時の仲良しグループとはすっかり疎遠になりました。

記憶に残る声の思い出といえば、高校時代進路に悩んでいた時。友だちは用意周到に推薦入学を決めたりしているのに、レミは成績が上がらず鬱々としていました。たまに情緒不安定になって廊下で涙ぐんだりしていたのですが、あるとき予備校帰りの夜道で「あの輝く星を見て! ずっと見守っているから、星に向かってまっすぐ進んでいけばいいよ」と、気恥ずかしいくらいのポジティブなメッセージが心にもたらされました。その星はシリウス、北極星でした。以来、夜道でシリウスを見るたびに、励まされている気がして目頭が熱くなったものです。

さて、その自問自答に答えてくれているのはいったい誰なのでしょう？　レミは、ご先祖かな？　と思っていましたが、先祖霊にしてはフランクです。それに先祖は「〇〇ぞよ」「〇〇じゃ」とかいう言葉遣いで話しかけてきそうなイメージです。先祖だったら畏怖してこちらも敬語で話してしまう。でも、自問自答の相手は、威圧感もなく無邪気で妖精のような印象でした。その正体がわかったのは、ずいぶん大人になってからです。

2年ほど前、レミはある雑誌の取材でスピリチュアル系のイベントに行きました。ブロガーとして注目されながらも、先が見えなくて不安にかられていたので、この取材は渡りに船でした。

ふと目に留まったのは、「イルカのように生きる」と書かれたブースです。どうやらイルカのスピリットとチャネリングして、人生相談に答えてくれたりするようです。レミは子どものころからイルカが好きで水族館にもよく行っていたことを思い出しました。たしかイルカは人類に近いと言われている特別な生き物……アドバイスを受けたら心が軽くなりそうです。

ブースにいたのは、見た目がなんとなくイルカっぽい上品な男女で、女性のほうがイルカのスピリットを降ろせるらしいのです。レミは緊張と期待を入り交じらせながら、椅子に座りました。

「イルカのスピリットって霊ってことですか？」

「そうです。高次元の星から来てくれたスピリットです」

と柔和な笑みを浮かべて答える美女。にわかに信じがたい話ですが、心の奥がワクワクして、早く続きを聞きたいとレミは思いました。

「あの、イルカのスピリットって具体的にどこから来るんですか？」

「イルカくんは、シリウスのあたりって言ってます」シリウス？　そういえばレミの中の声も、シリウスを目指して進んで行けって言っていたような……。

「イルカのスピリットは人間よりもちょっと高次元で、でも隣にいそうな身近なイメージ。人間みたいにいろんな感情を持っています。一緒に成長していく感じですね。イルカには恐怖心やしがらみがなくて、ポジティブに思ったことを実現できるんです。人間はつい思い込みや不安でギューッってなってしまいますよね。でもその状態だと宇宙のサポートは受け取れなくなってしまいます。イルカのスピリットは人間の心がラクになって良いエネルギーにつながれるように手伝ってくれます……」

そこまで話したとき、チャネラーの女性の声色が突然変わり、

「お話ししても良いですか？　僕、イルカくんと言います」とアニメのキャラのような、少年の声になったのでレミは軽く動揺。見た目は、奥ゆかしい和風美人の女性が、こんなにキャラ変するとは……。見てはいけないようなものを見てしまったようなドキドキ感。でもその澄んだ声には惹き付けられるものがあります。キャラといってもドラえもんみたいなしゃがれ声じゃなく、鈴を転がすようなピュアボイスです。

「レミちゃん、今まですごい一生懸命がんばってきたんだね。皆に美を届けようとして。あなたの内側の神様、喜んでいますよ。あなたの仕事、これからますます変化していきます。もっと愛や希望を発信できます。今はちょっと立ち止まって休憩するといいですね。自分の中にゆとりもできますよ。もっとあなたの中が広がったら、いろんなことにチャレンジできる。そうしたら想像もつかない自分に辿り着けます」

イルカくんにねぎらわれて、レミは胸のあたりが温かくなりました。そして続いてのイルカくんの言葉は意外な驚きを与えてくれました。

「あなたにもイルカがついてますよ。あなたのイルカと僕はお友だちです」

えっ、私にもイルカの守護霊が……!?　レミはハッとしました。もしかして今まで心の中で励ましたり助言してくれたりした声って……。

「あなたのイルカは、男なんだけど、女でもある。頭にたまにリボンを付けたりして、女子力アップ、みたいな……。おしゃれが好きなイルカです。体型にも気を遣ってるみたい。そうそう、イルカは太りすぎるとクジラになっちゃうんだよ。僕も8月に食べ過ぎてクジラになるところだったよ……」

イルカくんが矢継ぎ早に情報を出してくれるので、レミの頭は混乱状態でした。

（そのイルカの守護霊はおしゃれなゲイってこと？　今まで服を買うときアドバイスしてくれたのも、もしかして……）

「あなたのイルカはチョコレートが好きだって」

たしかにこの会場に来る途中で、無性にチョコレートが食べたくなってkioskで買ったことをレミは思い出しました。些細なことばかりですが、いろいろと符合しているのでレミはイルカスピリットの存在を信じたくなってきました。

「ところで、私についているイルカはなんという名前ですか？」

「ヌルラン」

その時、壁のあたりでバシッというラップ音がしました。

「今、ヌルランが嬉しがって、踊ってたよ」

ノリノリな性格のヌルラン、最近ネガティブモードのレミとは対照的です。

このセッションでわかった、ヌルランの属性は……、

・男だけど女っぽい、女子力が高いゲイ
・おしゃれなイルカ
・カフェでお茶するのが好き
・スパやエステも好き
・チョコレートが好物
・音楽も好きで、たまに勝手にクラブに行っている
守護霊なのに享楽的で、快楽主義じゃないですか？　レミは自分よりもずっと楽しんでいてズルい、と思ってしまいました。

「あなたがもっとポジティブに楽しんでイルカ的な生き方ができるようになってくると、肌もキレイに、イルカみたいにツルツルになれるよ」と、イルカくんに鼓舞されました。たしかに吹き出物のあるイルカなんて想像つきません。

「もっとポジティブに。がんばりすぎないでね」

という慈愛に満ちた言葉でセッションは幕を閉じ、レミは足取り軽く会場を後にしました。

これがヌルランとの出会いでした。

2

イルカセッションでつかの間の逃避をし、夢見心地になれたのも数時間のこと。翌週からはまた心をすり減らす現実が待ち受けていました。月曜日、レミは仕事の打ち合わせのため、午前中の混んでいる時間帯に電車に乗らなければならず、そのことでも精神を摩耗しました。セールで買ったブランドの白いバッグは厚みがあるため、どうしても車内で他の乗客にぶつかってしまう。その度にバッグが持って行かれそうになり、ストラップを引っ張られる感覚に苛立ちを覚えました。

電車から降りようとしたときも初老の男性が扉前なのに絶対降りようとしないで体を突っ張らせていて、年配者を押すと悪者っぽくなってしまうと思いながらも、ドスの利いた声で「すいません……」と軽くプレッシャーをかけ、やっと恵比寿で降りることができました。なぜおじいさんは棒みたいになってまで道を譲らないのでしょう。将来あんな風にならないようにしなければ、と思いながら、新しい世代に居場所を取られないよう自分の仕事にしがみついているレミも、同じようなマインドかもしれません。

「誰かに苛立つっていうことは、自分の中に同じ要素があるっていうことだよ」

はいはい、高次元の守護霊様ですね。その日、素直にメッセージを受け取る余裕がレミにはありませんでした。

打ち合わせも微妙でした。企業のPRなどをしているけれど何で生計を立てているのかよくわからない知人男性に話を持ちかけられたのは、来週発売になるマカロンの新しいフレイバーを試食してブログに写真付きでコメントを載せてほしい、という案件。とはいえ仕事にはならず、ノーギャラと言われてレミは内心、ここまで来た電車代とおじさんの汗じみで汚れたバッグのクリーニング代をもらいたい気持ちでした。ブログに書くのと引き換えにノーギャラでマカロンの配給に並ぶなんて、何かみじめな気持ちです。世の中的には何年か前のペニーオークションやステマ騒動以来、おおっぴらにステマを仕掛けるのは控える傾向に……というのは体《てい》のいい言い訳で、少しでも経費を節約するために、現物支給でノーギャラで書いてもらう、という風潮になりつつあり、世知辛いです。

このままどこまで堕ちていくのでしょう。またインスタグラムを開いてしまい、するとエレナの投稿で、平沢副編集長と食事している写真がでてきました。

「新しいお仕事の打ち合わせ。東京の姉、平沢さんとオーガニックカフェで。大好きな雑誌の……」辛くなってそれ以上読めなくてアプリを閉じました。ハッシュタグでも、#幸せ#姉妹#meeting#オーガニック、とか、キラキラしている単語が並んでいましたが、一瞬目に入っただけでも、ハッシュタグの#が、忍者の手裏剣のように心に刺さってきそうでした。業界受けが良い女子は、肉親でもない人のことをすぐ姉とか兄とか書いて距離を縮めるテクニックに長けています。どちらかというと不器用なレミにはできない芸当でした。

少しでもテンションを上げたくて、レミは打ち合わせのカフェの近くの人気のマフィン店に立ち寄ってみることにしました。さすが有名な店だけあって品薄状態にもかかわらず、前の女は「チーズマフィンと抹茶チョコマフィン、それからいちじくマフィンに……かぼちゃマフィン、あとサーモンチーズください」と5つもオーダー。(なぜ貪欲な女はたいてい小鼻がテカっているのだろう……。そしてパンとかマフィンとか小麦粉好きは欲張りな人が多い気がする)レミはその女の横顔を凝視しました。しかもサーモンチーズは残り1個だったのに、無情すぎる。

レミは店員に目配せしてわかってもらおうとしたのですが、テカり女の接客でこっちを全く見てくれません。レミは女の背後で、(これだからスイーツ女は……小麦粉依存症なんじゃないの?)と心の中で毒づきました。こんなに苛立っているのは何かに取り憑かれているからでしょうか。(ヌルラン、たすけて……)と、久しぶりに守護霊に助けを求めたい気持ちです。先日、タクシーで六本木トンネルを通ってから体が重い気がします。しかも寝入りばなに家の中で呪詛みたいな不気味な声が聞こえてきました。恐怖とともに無理矢理寝たので、目覚めは良くなかったです。それにしてもイルカの守護霊には低級霊を祓う力はないのでしょうか。地球の霊界とは次元が違うのであまり直接的な干渉はできないのかもしれません。(ヌルラン、私はどうすればいい?)自分の波長がダークサイドに傾いている時、呼びかけても答えが返ってこないようです。イルカはポジティブな波長だからでしょうか。

仕事は減るいっぽうだし、お金がなくなったらヌルランを食べさせることもできないよ、とすっかりペットと飼い主みたいな感覚ですが、れっきとした守護霊で高次の存在なのです。いいよね、高級霊様は霞でも食ってればいいんでしょ。と、レミは心の中でつぶやきました。

それにしてもエレナはなんであんなにキラキラしているんだろう。インスタグラマーなんて大勢いるのに、なんで彼女ばかりフィーチャーされて、人脈に恵まれるの? 何か裏社会の人とつながっているんじゃないの? 片目を隠すポーズをしていたけれど、もしかして、メーソン的な？

こんな時、信じたくなるのは陰謀論です。人類滅亡論についていろいろ調べていた時、レミは地球を支配している集団の存在を知りました。ロックフェラーとかロスチャイルドとかあのへんのファミリーをまとめて、さらにダボス会議の出席者やイギリス王室も入れた３００人委員会とかいう団体が、地球を牛耳って富を独占しているらしいです。地球の人口の約１％以下の人々が、人類の富の約3分の2を独占！　フリーメーソンの過激化した上位組織であるイルミナティのメンバーともだいたいかぶっています。一説によると、彼らの多くが爬虫類人だということです。

レミも最初はそんな荒唐無稽な情報を信じていたわけではありません。人気ブロガーとして華やかな日々を送っていた時には、世の暗部とは無縁でした。「マンゴーかき氷おいしい」とか「今日はスーパームーンがきれい」とか素敵なことばかり書いて人生を謳歌していました。人類滅亡や陰謀に興味をもつようになったのは、元カレ雅之の影響です。雅之は売れないＤＪでした。暗い目をしたイケメンで、レミはルックスに惹かれて好きになったのですが、今考えると下げ◯ンだったのかもしません。陰謀論への興味とブログの人気低下は連動しているような。彼は家でいつも陰謀論とか宇宙人とかオカルトじみたホームページを見ていました。そして唐突にこんなことを言い出すのです。

「歯磨き粉のフッ素は松果体を石灰化させチャクラが閉じてしまうんだよ」

「携帯が5Gになったら人体にダメージが与えられてしまう」

「〇〇〇〇のドリンクは、胎児の粉を甘味料として使ってるらしい。人を狂わせる飲み物だ」

など……。最初は一笑に付していたレミですが、毎晩のように検証画像や動画を見せられ、そのうえ彼と肉体接触を重ねるうちに闇の波動に染まっていったのか、気付いたら陰謀道に入門していたようです。というのも、有害物質の吸収率は腕の内側を1とすると、性器は42倍だそうで、レミは雅之のダークなヴァイブスを粘膜吸収してしまったのかもしれません。半年ほど付き合ってまじめに働かない雅之に幻滅し、別れてしまいました。でも、レミに植え付けられた暗い種子は静かに育ってゆきました。

レミはブログのアクセス数が減ったことや、仕事が減少している現状の裏には、何かの陰謀が働いていると思うようになりました。ちょうど、有名な女性モデルが、ブログやAmazonのコメント欄の良いコメントが消えたり、ツイッターのフォロワーが一気に1000人くらい減ってしまうことは、裏で何らかの力が働いている陰謀では？　と疑問を呈したことが話題になっていました。彼女によると、何者かが数百万円かけて情報操作し、自分をつぶそうとしているとか。密かに彼女のファンのレミはその話を真に受けて、自分のフォロワー数が増えないのも、何かの陰謀だという確信を強めました。オーガニックコスメやライフスタイルを提唱しているモデルの彼女を、利害関係絡みで潰そうとする勢力がいてもおかしくありません。

（ヌルラン、どう思う？）とレミは高次元のイルカに語りかけました。しかしヌルランは聞いてないふりをしてる感じでノーリアクション。くだらないと思っているのかもしれません。だんだんわかってきたのが、心が静かなときでないと守護霊とうまくコミュニケーションできないということです。

次の日、レミは高校時代の友人の由香と久しぶりに会うことにしました。家電メーカーの営業という堅気な仕事をしている彼女と時々会うことで、浮わついたライフスタイルを見直すことができます。実際、レミには学生時代の友人くらいしか心を開ける相手がいないのです。結婚した方とは何となく疎遠になってしまい、今も続いているのは由香くらいでした。仲良いふりしてお互い厳しい目でジャッジしたり牽制し合うおしゃれブロガーの世界では本当の友人はできません。よくブログで見かけるパーティでのセレブやモデルの集合写真。ああやって友だちっぽく写っていても実際にはそんなことないというか、単に近くにいた人たちが瞬間的に集まって、撮影後はパッとまた他人に戻る、というパターンが多いのです。仲間に囲まれて楽しそうな写真はリア充感を演出できるのですが、しょせん虚栄の世界です。お互いメリットがないと仲良くなれません。

レミが由香と待ち合わせたのは銀座のローズベーカリー。チェリー味のほうじ茶など、女心をつかむメニューがあって、おしゃれ波動が高いです。下のファッションフロアはハイブランドばかりで手が出ないので、高級なヴァイブスを吸収だけして7階でひとりお茶する、というのがレミの散歩コースでした。しかし明るく白い空間に足を踏み入れると、改めてこの照明は34歳の肌には厳しいかもしれないと気付きました。いろいろさらけ出せてお互いの黒歴史も知っている長い付き合いの友人なら大丈夫かもしれませんが。

数分遅れて「すごーい、こんなおしゃれな店よく知ってるね」と現れた由香。あれ、何か若返ってない？　美容にはそんな詳しくないはずなのに。レミは内側からほてっているような由香の肌を3秒間凝視。

「どうしたの？　肌の調子上がってない？　何かやってるの？」と言うと、

「ふふ、実は最近いいことがあって……彼ができたの」と由香は頬を紅潮させながら報告。

「すごーい、よかったじゃん！」と祝福しながらも、レミは一抹の寂寥感を覚えました。由香はレミの複雑な表情を見てとって、

「でも彼、体重が１００キロ近くあって、見た目は全然だよ。会ったらびっくりすると思う。ジャニーズ好きの私がずいぶん妥協したって」

由香の、気を遣ったネガティブ情報まじりのノロケ（毎晩ポテトチップを食べてますます太って困る。カルビーが大好きで就職したいと言い出した。ラーメンブログを開く予定で、毎週遠征し写真を撮りに行っている、とか）が止まりません。

「へえ〜彼ラーメン好きなんだ。でもスープは塩分がすごいから飲まない方がいいみたいだね。栄養バランスが片寄ってるからか、ラーメン屋で事件って多くない？」

やさぐれモードのせいか、ふとした時にネガティブな言葉が出てしまいます。いけない、友だちの幸せを祝福しなきゃ、とレミは反省。

「でもラーメンブログとか盛り上がってるよね。麺リフトだっけ。片手で麺を持ち上げながら写真を撮るテクとかすごいと思う」と無理矢理フォロー。

「そういえばレミ、最近ブログ更新少なくない？」

「気付いた？　それがさ〜、もうブログってあまりはやってないらしいのよ」

そしてレミは堰を切ったように、ブロガーとしての窮状や、仕事の干され具合、インスタグラムの敷居の高さなどを、由香に切々と訴えました。

「どうしたらいいと思う？　もう炎上商法しかないかも」

「炎上って前よくバカッターとかいって話題になった、お店の冷凍庫に入ったりするやつ？」

「いい年してそれはキツいかも」

「ちょっと前に東京で小さめの地震があったあと結構きれいなモデルがＮＨＫのカメラに向かって『地震なんかないよ！』と叫んで、しばらく時の人になったよね。ああいうのは？」

「そんなタイミング、滅多にないし、彼女結局すぐ消えたし」

「『テラスハウス』に出てみる？」

「むりだよ。年齢制限あるし、知り合いが言ってたけど条件がとにかくルックスがよくてキラキラしてる人だって」

「うーん、じゃあありがちだけど有名人と付き合うとか？」

「やっぱそれかな。話題の人って誰だろう」

「ちょっと古いけど、佐村河内さんとか新垣《にいがき》さんって今どうしているのかな」

「新垣さん、気弱な感じが結構好きかも。独身だし、なんか女慣れしてなくて、押しに弱そう。いける気がする」

「レミは意外とストライクゾーン広いね。自称DJから作曲家まで」

「自称DJじゃないってば！　新木場のクラブでも回してたことあったんだから」

どうでも良いことを話していたら、気持ちが軽くなって、厳しい現実を忘れられそうです。リラックスして緩んだ瞬間、後頭部の上空で腕組み（ヒレですが）して笑っているヌルランの姿が、脳の片隅に垣間見えた気がしました。

3

次の日は久しぶりのハレの日のイベント、「東京コレクション」のショーがありました。数少ない、というか、たった1枚だけ来たブランドの招待状を手に、レミは渋谷ヒカリエに向かいました。あまりにも招待状が来ないので迷惑メールフォルダを遡ってチェックしてしまったほどです。とりあえず1回だけでも参加できてよかった、体面を保つことができた、とレミは胸を撫で下ろしました。ここに来ると東京はおしゃれでかわいい子ばっかりだと思えてテンション&モチベーションが上がります。

最近人気のこのブランドはノームコアでエフォートレスなファッションを提案していて、伊勢丹や渋谷西武にも入っています。今回は来年の秋冬ものになりますが、まだ3月下旬。肌寒いのでレミはヒートテックを着てきましたが、室内で混雑していることもあり暑くなってきました。「今日ヒートテック着てこなくてよかった。着てたら暑くて終わってたよね」冷え性とは無縁そうな20代の若者の声が聞こえ、レミはカチンときました。今日は遅れそうで急いで出かけたから、レミは心の中でヌルランにアドバイスを求める余裕がなかったのです。いつもなら「今日は結構歩くからローヒールがいい」「床に座るのでパンツがおすすめ」とメッセージが来たりするのですが……。そもそも何でブロガーの私が、延々列に並ばされているわけ？　何かのまちがいでしょう？　と、レミは理不尽な思いでした。2年前まではファッションショーの受付で並んだことなどなくて、すぐにスタッフがアテンドに来てくれ、「こちらへどうぞ」と並んでいる衆生の民を尻目にスッと中に入るのが快感でした。でも、今年はインビテーションの自分の名前の欄が見えるようにチラつかせながらアピールしているというのに誰も気付いてくれない。

そして間の悪いことに、レミの横を例の副編集長平沢さんが通り過ぎていきました。

「あっ、あの……」と話しかけたのですが完全スルー。自信なさげなレミの声が小さかったせいか、それともわざと(?)一緒に入れてもらおうなんていうつもりはなかったのですが、切ないです。ピンヒールの足音に威圧感を漂わせる平沢女史の後ろ姿をレミは複雑な思いで見つめました。

続いて「バイヤーさん入りまーす」と業界人が女性グループを引率し、当然のようにレミを抜かして中に入って行ったので、さすがに無視できず、黒服のスタッフを呼び止めました。

「あの、私一応招待されてるんですが、並ばないと入れませんか?」

黒服はレミのインビテーションカードを一瞥し、

「申し訳ありませんがこのままお並びください」とビジネスライクに告げました。それなのに来たばかりの年配の女性客は優先的に案内。彼女のインビテーションを見て、レミはハッとしました。シールが貼られている。ファッションショーでは宛先の名前の横に小さい丸いシールが貼られていることがあり、それは明確な身分差を表すと言われています。黒が一番偉いとか、金が上だとか、諸説あり、そのファッション業界人風マダムのシールは青でヒエラルキー的にはそんなに上ではないのかもしれませんが、でも何も貼られていないレミよりはましでした。

たしか昨年はシールが貼られていたのに、いつの間にか一般顧客とかファッション系学生と同じ扱いです。レミがショーの席に案内されたのは20分後で、もはや座り席はなくて、立ち見でした。フロントローには人気インスタグラマーのエレナが座っているのが見えます。ガムを噛んでて見るからに調子に乗ってます。「こんな明らかに後ろの席から撮った写真、恥ずかしくてとてもアップできない……」とレミは屈辱でショーどころではありませんでした。そして逃げるように会場をあとにしました。おしゃれピープルたちが自撮りするロビーを走り抜けて、デパ地下まで下がって、ケールのジュースを買って飲んでやっと人心地が付けました。

それにしても、なぜ世の人々はSNSで自慢ばかりしているのでしょう。空中をリア充データが飛び交っているようで落ち着きません。インスタグラムの投稿で承認欲求を満たす行為にハマることをインスタベーションと呼びたいです。本当は見たくないけれど、つい習慣でインスタグラムでエレナを検索したら、ブランドロゴの前でポーズを決める写真や、最前列のセレブ同士一緒に撮影した写真がアップされていました。平沢さんと仲良さそうなツーショットも。「いいね!」がすでに800件近く。「いつもきれいです!」「今日も素敵です!」とほめ言葉ばかり並んでます。でも、「エレナさん大好き☆ところでダイエットサプリで3キロ痩せたよ!」と明らかに宣伝目的のコメントもあって、レミはついほくそ笑んでしまいました。

知名度とはいったい何なのでしょう。エレナを見ていると、華やかなパーティに招かれたり、ブランドからプレゼントをもらったり、ファンにちやほやされたり、メリットを享受し尽くしているようです。でも、コメント欄の宣伝のように、彼女の知名度を利用しようとする人もいて、有名税のデメリットというのも多少はあります。エレナのような旬のインフルエンサーやアーリーアダプターと呼ばれる存在はまだメリットのほうが大きいでしょう。いい思いがしたくて、皆フォロワーをお金で買ったり、フォロワーを増やす怪しげなセミナーに出たりするのです。

いっぽう、レミが先日遭遇した往年の有名人は微妙でした。知人のライター沼田さんと、仕事のあとにお茶していたカフェに、あきらかに見たことがある女性が入ってきました。

「あの人、見たことある。ドラマとか出てなかったでしたっけ?」

そう言うと沼田さんも、

「たしか女優さんですよね。あ~名前がなかなか出てこない」と、もどかしそうに同意。

「私も名前出てきそうなんですが、どうしてももたいまさことという名前が邪魔して、出てこないです。似てる系統なんですが……」

「たしかに。あとショムニ的なドラマに出てそう。お局のひとりとして」

「あと絶対、『ごきげんよう』とか出てましたよね。サイコロトークとかしてそう」

「それにしても連れてるロン毛の男があやしすぎる」

「ペアルックがやばいですよね」

と、名前を覚えていない女優をネタに言いたい放題。ヌルランに心の中で尋ねても、教えてくれませんでした。そのとき、レミは、知名度というものの虚しさを感じました。求めてやまない知名度ですが、有名になれても時が過ぎれば人の記憶も薄れ、オーラの残骸だけが人目につき、晒し者になる運命なのです。

有名になったあともいい感じでポジションをキープし続けるのは至難の業です。最近はちょっとやらかしただけでも炎上し、ネガティブなことでもすぐにまとめられ、半永久的にネットに残ってしまいます。同じような失態を犯した人が出現する度に、話題が蒸し返されます。炎上してしまう人にはそれなりの業《ごう》というかドヤオーラがあり、人々の神経を逆撫でしてしまうのでしょうか……。

自分の知名度は10段階中、3くらいに留めておくのが、ギリギリ安全圏です。それなりに有名特典も享受できます。でも、知名度を高めるより、有名人と付き合う方が楽でおいしいのかもしれないと、レミは思いました。由香と会った時に、新垣さんを狙うなんて半分冗談で言いましたが、新垣さんはブレイクして手の届かない存在になってしまったので（それにあまり女性には興味なさそうなので）、他に手頃な人を探すしかありません。「ヌルラン、どうすればいい？」とレミは心の中で語りかけましたが、下心まみれの彼女の問いにヌルランはノーリアクションでした。やはりオーラやチャクラがピュアな状態でないと高次元スピリットとは交信できないのかもしれません。

とりあえずレミは手始めにユーチューバーのイベントへ行き、どんな男子がいるのかチェックすることにしました。

「好きなことして生きていく、か」

もやもやするキャッチフレーズですが、会場のイベントホールに行くと驚くことに結構な女性ファンが。小学生の憧れの職業がユーチューバーという時代です。億を稼ぐ人もいます。過酷なトレーニングをして稼いでいるスポーツ選手の立場は……と思わずにいられません。人気ユーチューバー、染谷もかなり儲かっていると思われます。お菓子を食べたり、話題のガジェットやゲームに挑戦する動画をアップしていてとくにおもしろくもないしイケメンでもないのですが、独特の苦み走った表情が小学生のツボに入るらしく、毎回10万回以上再生されるという人気ぶりでした。一時は広告料で儲かっていたらしいですが、最近ユーチューブの広告主が渋りだして広告収入が5分の1くらいに削減されてしまったそうです。しかし染谷はユーチューブだけでなく、別の動画投稿サイトでも有料動画をアップしてぬかりなく収入を確保しているというのを、ネットの書き込みで見た記憶があります。（私がブログでくすぶっているときに、うまいことやっていたとは……）レミはステージに現れた、デコしわの目立つメガネ男子を羨望と嫉妬まじりのまなざしで凝視しました。彼は仲間と一緒にゲームをプレイし、観客は延々とスクリーン上で見せられるという内容。これで3000円も取るなんて。ヌルランも高いと思うでしょう？　そう語りかけるとなんとなく同意してくれた気がします。でも周りの女子はゲームオーバーになるたび「がんばって！」「染谷さ〜ん！」とか黄色い声援を浴びせていて、この空間にいると次第に洗脳されてフツメンの中のフツメンがかっこよく見えてきました。これでヒーロー扱い？　続いてホラーゲームをプレイしはじめると、女子の悲鳴が会場にまきおこりました。「ここで能面が出てきます。ほらっ。でも怖くないですから！　どんどん先に進みます」「かっこいい〜！」ただ座ってゲームしているだけなのに、世界を救う勇者みたいな扱いです。

正直ジャニーズとかの方が全然イケメンだしフライングやバク転や階段落ちとか和太鼓とか100倍も努力してるし、なんなのこのユルい感じは？　とレミは理不尽な思いを抱きながらも、（このぬるま湯に浸かったら居心地いいだろうな）とズブズブ吸い込まれそうな予感を抱きつつありました。フツメンほど1度ハマると抜けられません。

そのあとのチェキ会にもなんとなく流れで並んでしまったレミ。一緒に写真でも撮ってブログのネタにでもしようかな、くらいの気持ちでしたが、チェキを撮りながら「私もブログやってるんです。レミと言います」と、つい自己顕示欲が現れてアピールしてしまいました。そして目を合わせた時、一瞬染谷の目尻が下がったのを見逃しませんでした。大江麻理子アナのテクを参考に、強気そうなつり目を、たれ目風に描き込んだアイメイクでソフトに見せているのが、密かに男性受けが良いのを感じています。染谷もレミにちょっと関心を持ったようでした。レミも、イベントでキャーキャー言われている彼の姿を見たらちょっといいかもと思えてきました。男の知名度や経済力に恋ができる女子も一定数いるのです。

再会のチャンスは意外と早く訪れました。六本木のクラブで、海外セレブのファッションブランドの立ち上げのパーティがあったのです。立ち上げをおしゃれに言い換えるとローンチ。レミの憧れの単語のひとつです（他に憧れているワードは、ファンドレイジング、ドネーション）。このイベントにはスタイリストの友人知代に誘われて、とくに予定もなかったのでふらふら来てみました。ポスト・ケイト・モスと言われているそのモデル、オリヴィアのプロデュースしたカジュアルラインは正直ダサかったですが、スタイルの良い白人が着ると妙におしゃれに見えるのがズルいです。ダンスフロアでカメラを向ける一般人に囲まれながら体を揺らすモデルをぼんやり見ていたら、「だいぶダサいっすよね」と、隣でつぶやく男性がいて、見たらユーチューバー染谷でした。

「あ、染谷さんですよね。この前イベントに行ったレミです」

「ありがとう。覚えてるよ。俺のファンにおしゃれな子って珍しいから」

ファンだと決めつけられてることにレミは一瞬モヤッとしましたが、脳の一方では女性ファンがいっぱいいる有名人と普通に会話できてることに高揚感を覚えていました。それも海外セレブもいるクラブでなんて、アーバンって感じ。オリヴィアはDJブースに入ったりフロアに降りたり、テンション高く踊っています。

「あのテンション、何かキメてんのかな」と染谷のつぶやきに対し、

「たしかに。あの頬のこけ具合、ヘロインですよ」という、レミの返しが気に入った

らしく、彼は、

「おもしろいこと言うね」とほめてくれました。

「ルミちゃんだっけ。良かったら今度俺の番組にちょっとアシスタントとして出てくれないかな。これも何かの縁だし」

と軽くスカウトしてきた染谷。

「まあギャラは交通費程度だけど……」と言う言葉を最後まで聞く前にレミは、

「私で良かったら、出ます！」と即答していました。（がっついているって思われたかも）と、ちょっと反省。また知名度を復活させるきっかけになるかもしれないです。セレブモデルのことをとやかく言えないくらいダサい赤い革ジャンを染谷が着ていることも、名前をちょっと間違えられたこともレミは気にならず、雲の向こうからのヌルランの警告の思念波も届きませんでした。

4

染谷から連絡があったのは、レミがアースデイの会場である代々木公園をぶらぶらしている時でした。オーガニックコスメでも買ってブログで紹介でもしようと思っていたのですが、コスメの店は思ったより少なくて、「持続可能なエネルギー」とか「ジュゴンの保護」「人と自然の共生」といったまじめなテーマのブースが多いです。「あなたの選択が社会を変えます」「泥団子を作って自然に触れましょう」「布ナプキンで女性性を解放……」歩いているとそんな波動が高いメッセージが耳に飛び込んできます。エンヤの曲が流れているブースもありました。

ハーブのお店に立ち寄ったら、「おかえりなさい」という店員の言葉が。すべての人がピースフルな笑顔を浮かべています。

（何かキメてるんじゃないの？）とまたも邪《よこしま》な思いを抱いてしまうレミ。思わず、麻と竹炭のパウダーを買ってしまいました。麻薬成分のカンナビノイドは含まれていないことを知りつつ、ヤバい粉を買った気がして気分が上がります。麻製品のブースで売られているヘンプ柄の服にもそそられます。

マヤナッツ入りのクッキーのお店に立ち寄ったら、小麦色の肌の女性が「マヤ遺跡を作っていた人たちも食べていました」とか言ってきて、半信半疑ながらも購入。いつの間にかこの場のオーガニックな波動に染まってきたようです。

「ピュアでほっこりする味です。抗酸化作用もありますよ」

「美容に良いんですね」レミはブログにアップしようと、スマホで撮影しました。しかしこの会場にあるものはほとんどが茶色くて……地味な写真になってしまいそうです。

ステージでは往年の女性歌手が、鴨川に引っ越して自給自足の生活を送っている、と話していました。レミの中に、（結局ロハスとかオーガニックな生活ができる人なんてお金に余裕があるセレブなんじゃないの）という思いが浮かびました。この会場にいる、エスニックファッションの人たちはふだんどこで何をしているのでしょう。平日のオフィス街では見かけないし、定職には就いてなさそうです。もともと資産があったり株や仮想通貨で稼いでいたりして高等遊民みたいに遊び暮らしているのかもしれません。レミはディジリドゥを吹いている仙人風の男性を羨ましそうに見つめました。ふと気付けば、オーガニックコットンだらけのこの会場内で、レミの服は上下とも化繊素材で、ひとりだけテカテカした安い光沢を放っています。オーガニックなファッションは実は値段も高めです。絞り染めのTシャツが1万6000円もしてました。アウェイ感に気付き、いたたまれなさを感じていたところに、染谷からのLINEが入りました。

「水曜日の夜に番組の打ち合わせをしたいんだけど、来れますか？」「大丈夫です

☆」「場所は新宿です」「了解です！」

と、食い気味に返信。ロハスピープルになれないレミは、電磁波渦巻くネットの世界で稼がなければならないのです。レミは買おうかと迷って手に持っていたラベンダーの鉢を戻し（どうせ日当たりが悪い部屋ですぐ枯らしてしまいます）、公園を出て渋谷の喧噪の方に歩き出しました。

そして水曜日、指定されたマルイの地下のカフェでレミは染谷と対面しました。おしゃれな店内の書架にはたくさんの雑誌が並んでいて、今はやりのブックカフェ形式でしょうか。紙のメディアに取り囲まれると、しがないブロガーのレミは気圧されてしまいます。しかし染谷は堂々としていて、妙な自信を漂わせていました。年収に裏打ちされたものでしょうか。レミが着いた時は誰かと電話していて「あのプロジェクトはローンチしたから」というドヤワードが聞こえ、もうすっかり彼のペースに取り込まれそうです。

「あ、ごめん。それで新しい動画の企画の話だけど」

「はい……」

「最近、何かいいことした？」

「はい？」

「ほら、お年寄りに席をゆずるとか、そういった類いの」

「えーと……1ヶ月くらい前にあったかもしれません。たしか席を譲った記憶が」

「信号を渡ろうとしていたおばあさんの手を引くとか」

「そういう場面はないですね。電車の中でおじいさんに押されることはしょっちゅうですが。あ、でもいいことと言えばこの前、スーパー銭湯の洗面台に髪の毛が落ちていたのを拾って捨てました」

「他にもっとキャッチーな、絵になる善行はないのかな」

「すみません、思い出せないです……」

染谷が善行について聞き出すのにはもちろん理由がありました。ここ最近、無免許運転ユーチューバーとか、楊枝を商品に突き刺すユーチューバー、お年寄りに花火をくわえさせたり、クレーンで吊り上げる低級ユーチューバーなどが登場したせいで、ユーチューバー全体のイメージが著しく下がっているというのです。

「検索してみると『ユーチューバー　うざい』『ユーチューバー　きもい』って10個以内に入ってくるよ。凹《へこ》むから」

と自身がユーチューバーの代表のような口ぶりです。

「その悪い印象を変えたい、ということですか」

「そう。ベタなやり方かもしれないけど、そうやって少しずつイメージを回復させていくしかないよね。ただでさえ広告料のレートが下がっているので、テコ入れしないと。それで俺ひとりでやっててもネタが尽きそうだし、一緒に善行動画を作らない?」

「私で良ければ……」

「じゃあ善行の案について考えておいて」

「はい。私についているイルカの守護霊にも聞いてみます」

「……よろしく」

ヌルランの話題は軽く流されてしまいましたが、レミは染谷と一緒に街で善行に励む動画シリーズを作る話に乗ってみることにしました。視聴者数が増えて収益が出るまではもちろんノーギャラです。でも、久しぶりに何かクリエイティブなことができるのはレミにとって嬉しいことでした。

Macbookを買った当初は、音楽制作やムービー編集ソフトがあるのを見て一瞬テンションが上がって自分には無限のクリエイティブな可能性がある気さえしてきて、でも結局そのソフトを開くことは1度もないという現実。いや正確には、2、3回、画面の下にあるアイコンをまちがってポインタで触れてしまい、立ち上がって閉じる時間のロスにイライラした、ということがありました。おしゃれな気がしてMacbookを買ったレミですが、結局使うのはブラウザとメールソフトくらいなのです。でも、今後は動画編集に役立てられるかもしれません。

家に帰ってそのMacbookを立ち上げ、善行について検索していたら、善行マイルを積み重ねてアセンションする、というコンセプトの女性のツイッターを見つけました。アカウント名はgodblessnameko。東京マラソンの時に、沿道でバナナのかわりに1万円札を持って立っていたとか、自販機のお釣りをそのまま残しておいたとか、独善的な行為について綴られていました。他のつぶやきも、

「クレジットカード決済が人工衛星を使っていると思うと、適当な物は買えません」

「一般的に愛は3年で冷めるという格言があるけれど、ペットの犬や猫への愛は3年以上続くということは、夫婦どちらかが四つん這いになって生活すればいいのかもしれません」

「ダイエット中、おやつにジャコを食べていたのですが、大量の生命を食べる方が罪深い気がしてきました」

などといった、善行というよりも妄想っぽい内容が多いです。

「古代文明でピラミッドや神殿を造るとき形の違う巨石を正確に積み上げていた人類の能力は、退化して現代にテトリスという形で受け継がれています」

「理系男子に言いたいセリフ『私の体を実験に使ってください』そして細胞初期化……」

『打ち上げ』の反対で、ハーブティや水を飲むストイックな『打ち下げ』という風習をはじめたいです」

「EXILEヒロの目尻のしわは全部上向き…上昇思考の賜物です」

と、いった調子で、読んでいたら善行の定義がわからなくなってきたので、レミはそっとウィンドウを閉じました。

（「ニンジンってゆでるとオーラが消滅するらしいですよ」とか言われても……）

レミはどんなことをして良いかわからなくなって、心の中でヌルランに問いかけました。

（世の中に貢献できる善行って何ですか？）

「それは、自分自身が平和な気持ちになって良い波動を発していくことだよ」

高次元のスピリットだから、またふわっとした抽象的なアドバイスを……。イルカではなく猿の守護霊とかだったら、もうちょっと人間に近いアドバイスをしてくれるのかもしれません。と、猿に心が動きかけたら、さびしげなヌルランの瞳が浮かびました。

5

染谷との2回目の打ち合わせは、渋谷駅前のカフェで行われました。レミは道中、ふらふらと地下街の花屋に引き寄せられました。400円くらいで花束が売られていたので、購入。渋谷駅の地下街は、いつも空気がどんよりと重くて足早に通り過ぎるようにしていたのですが、この日はなぜか、立ち止まってしまいました。新しいプロジェクトで妙に気分が高まっていたのかもしれません。しかしカフェに行く途中で買った花束を覗き込んだところ異臭がして、よく見たら茎が腐っていました。ネギみたいな匂いがすると思ったら……ショックです。ガーベラは花弁は美しく開いているのに、体は腐乱していたのです。渋谷の地下街の、堆積した邪気を浴び続けたせいで、かわいそうに。古い地下街は、オープン以来とくにお祓いをしていないに違いありません。しかし、茎が腐った花とは、いきなり幸先が良くありません。レミは異臭を放つガーベラをゴミ箱に捨て、手を合わせましたが、よく見たら残りのスズランも花びらが黒ずんでいて、渋谷の邪気の根深さを改めて感じました。

カフェに行くと、デジカメと三脚をテーブルに置いた染谷が撮影のスタンバイをしていました。

「今日、流れで撮れそうだったら撮っちゃおうと思って」

「善行、どうしましょうか？」

「最近何かいいこと、した？」

そう聞かれると、さっき花を捨てたのはどちらかというと悪行に入るような気がします。花のことは置いておいて、記憶を検索。

「駅ビルでエレベーターの開ボタンずっと押してました」

「あるある、それでお礼言われないとムカつくよな」

「エレベーターって怖いですよね。この前挟まって思わず叫んじゃいました。そしたら、隣のおじいさんも私の声に驚いて、『うわ〜！』って声をあげてて、何か悪いことしました。心臓マヒで殺《あや》めてしまうところでした」

「善行じゃなくてむしろ殺人未遂じゃん」

「すみません、いいネタがなくて。あ、でも友だちの恋愛相談に乗りましたよ」

「どんな？」

レミは由香からかかってきた電話を思い出しました。彼が食い意地が張っている、というのはまだノロケの範疇《はんちゅう》でしたが、ラーメンの食べ過ぎで塩分過多のせいか、彼がキレやすくなってしまったそうなのです。

「友だちの彼が、気性が荒くて、ラーメン屋に並んでる最中に揉め事になったそうなんです。なんか食べログで有名だけれどムカつくライターがいるとかで、友だちの彼が列でたまたまその人と遭遇し、オマエの書いたコメントが間違ってる、あのラーメン店主が修業したのは五反田の店じゃねえ、とくってかかったみたいで。とにかく友だちはそんな彼の性格に悩んでて、私はラーメンを減らして米を食べさせたほうがいいってアドバイスしたんですけど……」

「ラーメン屋関係ってそんないざこざ多いの？」

「そうですね。割り込んだとかでよく口論になったり、食べるのが遅くてローテーションを乱すとギルティとか文句言われるみたいです」

「ラーメン屋の行列のケンカを止める動画、っていうのもありかもね」

そう言うと染谷は手帳に、ラーメン、ケンカと書き込みました。

「ところで、染谷さんは何か善行したんですか？」

「……そう言われるとないかな。あ、友だちに食いきれないフライドポテトをやった」

相手が有名人だと思って緊張していたレミですが、はじめてちょっと突っ込み的なことができ、調子を少し取り戻したようです。

「ところで、染谷さんに聞きたいことが」

「何?」

「何で動画ではいつも渋い表情をしているんですか?」

「ああ、それは、ドヤ顔だとバッシングされるから」

「なるほど……」

たしかに脳裏をよぎった、最近炎上したタレントたちは皆ドヤ顔、そしてドヤ声、もしくはドヤオーラを漂わせています。染谷は、もしかしたら思っていたよりも賢くて、セルフブランディングがしっかりしているのかもしれないと、レミは少し見直しました。微妙なファッションセンスも、わざとダサい感じを出して視聴者を油断させているのでしょうか。でも会うと充分ドヤ感をにじみ出させているのですが……。

「微妙ですね〜」

「とりあえず、街に出てネタを探そう」

「はい」

そして渋谷の喧噪の中へ。周りを見ると若者の常識はずれの行動が目に付きます。

「あの丸井の横の道、いつも喫煙している人がいるんですよね。路上喫煙、注意した方がいいですかね」

「風紀を正すのも善行だよ。じゃあ、ちょっと言ってきてくれる？」

「あの、すみません、ここ……」

しかしレミがおずおず声をかけると、タバコを吸っていた女は睨み付けて立ち去ってしまいました。

「いいね～、今の無視される感じ。一応押さえたよ。どんどん撮っていこう」

「あそこに痰を吐いてるおじさんがいます」

「注意してきて」

「イカつい系なんでちょっとムリです、すみません……」

「もっとわかりやすい万引き犯とかいないかな」

「染谷さん万引き犯役やってくださいよ」

「ヤだよ」

そんな風に1時間ほど渋谷近辺をウロウロして結局撮れたのは、道端に落ちていたゴミを拾って捨てたシーン、倒れていた植木を直すという些細な善行、立ちションしている人を遠くから注意、道路にうずくまる白い子猫を助けに駆け寄ったらレジ袋で脱力、など。

「善行って難しいんですね……」

「手っ取り早く募金でもしようか」

そしてレミがコンビニの募金箱に100円玉を入れるところを撮影。

「なんかかえっていやらしくないですか？」

「ギリギリの路線がいいんだよ。もっとお金ばらまいちゃおうか？」

これが果たして善行なのか、もしかしたら法に触れる行為ではないのかとレミは不安を覚えながら、でももう疲れてあまり考えられなくなっていたので、言われるがまま100円玉や50円玉をその辺に茂みや道端に置いていきました。自動販売機のお釣りコーナーにわざわざ入れたり。

「なんかパフォーマンスアートみたいじゃん。見えてきた気がする」

ひとり興奮する染谷。小銭が尽きたので、この日はお開きになりました。レミは疲れたけれど青春の残り香的な充実感を覚えていました。ノーギャラで何かしていると青春の追体験ができる、って相手の思うつぼでしょうか。稼いでいるはずなのにケチなユーチューバーです。

そして2週間後、また渋谷のカフェに呼び出されたレミ。

「この前の動画、アップしたんだけど……」と、いつも以上に苦々しい表情の染谷を見て、いい話ではないことがわかりました。

「再生数が5000くらい、正確には4984しかいかなくて、交通費やカフェ代だけでも赤字だよ。ただでさえ広告料が下がってるのに。あれだけ小銭ばらまいてこれかよっていう」

「すみません……」

「いや君だけの責任じゃないけど。結局世間は善行なんて求めてないんだよ。刺激がないとダメなんだ」

「ですよね、ニュースも悲惨な事件ばっかりですし」

この男は軸がブレまくっている、と思いながらも気圧されてつい同調してしまうレミ。

「だから、考えたんだけど、もっとパンチのきいたことをやらないと」

「はあ」

「君は一応おしゃれブロガーだよね」

「そう言われた時期もありました」

「でも内心ではそのスカしたおしゃれピープルに対してケッと思ってる」

「……そういう部分もありますね。インスタグラムとか皆素敵ライフの自慢ばっかりで」

レミの脳内に、エレナの顔がよぎりました。昨夜もレミが招かれていないレセプションの写真をアップしていて、朝から悶々とさせられました。フォローを外せばもっと心穏やかになれるとわかっていても、ついチェックせずにはいられません。

「おしゃれピープルに対してのルサンチマンをぶちまけてみてはどうだろう。例えばおしゃれと逆のことをやって世間を驚かしてみるとか」

と、染谷は口の片側だけ上げた悪い笑みを浮かべて提案してきます。

「ダサい格好するとか？」

「いや、そんなヌルいことじゃなくって」

染谷のした提案は、正直ムリ、というようなことでした。それは、鼻をほじっている動画をアップするか、ほうれい線を描き込んだ老けメイクをアップする、というものでした。

おしゃれピープルが鼻をほじるというギャップで世間に衝撃を与え、またある種の勇気を与えられるだろう、と力説する染谷。

「絶対ムリです！　女として終わってますよ」

「いや、子どもの頃は誰しもやっていた自然な行為だろ」

「でも鼻くそって排泄物じゃないですか」

「最近、鼻くそを食べるのは健康に良いっていう説があるの知らないの？　免疫力を高めて、虫歯や病気の予防にもなるという。世間に受け入れられはじめているんだよ。もはやスーパーフードだよ」

「たしかに虫歯はありますけどムリです。私、自分のイメージがありますので」

「素の姿を表に出すことが悪いのか？　最近ＳＮＳに寝顔写真やすっぴんをアップするのが流行ってたじゃないか。その延長で……」

「寝顔写真とは全然次元が違います！」

「某男性アイドルも、自分の前で鼻をほじる女性が好きって言ってたよ」

「マニアですよ」

「粘膜ってエロいと思うんだよね」

「そんなのムリです」

「じゃあ、ほうれい線キャラは？　最近、眉毛を波形に描くとか鼻毛エクステを付けるとか変なメイクが流行ったじゃん。これから来るのはほうれい線だと思うんだよね

〜」

「来ないと思います」

「アイシャドウみたいにほうれい線シャドウとか塗ったらおしゃれだと思うんだけど」

「そんな、際立たせたくないです」

つい笑ってしまい、相手の策略に乗せられてしまいそうです。お酒を飲んだ勢いで、ほうれい線のアップを撮られる、ことはなんとかギリギリまぬがれたのですが、話が白熱して、おしゃれピープルへのうらみつらみ、とくにエレナをディスったパートが撮影されてしまい、もっとまずいことになりそうな予感です。

その翌日、レミはなんとも言えない残夢感と不穏な体感で目が覚めました。しかし目覚めても、夢じゃなかった現実のトラブル。うっすら記憶をたどってみると、エレナのことを妄想込みで相当ひどいことを言ってしまった気がします。よく見ると劣化してる、とか、目が切れ長すぎて不自然なので整形したに違いない、インスタグラムでよく会食してるPR会社の社長と怪しい、っていうか枕営業? など、さんざんディスって、お酒って怖い、というか最も恐ろしいのは女の嫉妬、カルマです。

(ガチでまずい……。あの動画が出て、エレナに見られた場合、下手したら訴えられ

るかも。良くてエレナが関わってるパーティ出禁だよ）

困窮のあまりレミは「やばい……どうしよう……」と家でひとりごとをつぶやき続けました。

染谷に「動画を消去してください」とメッセージを送ったのですがいっこうに返信はないままです。

もはや神頼みしかありません。神様に頼む前に、もっと身近な存在、守護霊のヌルランに頼めばなんとかなるでしょうか。レミは藁をもつかむ気持ちでイルカの守護霊に祈り続けました。

（ヌルランお願いします。あの動画がどうかエレナの目に触れることなく埋没しますように。もしこの願いを聞き届けてくれたらヌルランの好物のチョコとか魚介類いっぱい食べます！　だからなんとかお願いします）

優しいヌルランが必死の願いを聞き届けてくれたのか、耳の奥で（大丈夫だよ）という声が聞こえた気がしました。

6

レミは次の日、気持ちをリセットするために美容院を予約しました。ただ何も考えず誰にも気を遣わないでリラックスしたければ、美容院は表参道や代官山の人気サロンを避けたほうが良いです。「ホットペッパー」のサイトで、適当に、五反田とか新宿、池袋あたりのおしゃれなイメージが薄い繁華街のサロンを条件検索し、居心地良さそうな内装の店をネットで予約。

レミが予約した新宿の店は雑居ビル内でわかりにくい立地なのがクーポンサイトで集客しなければならない理由と思われました。洋画のDVDが目立つところに置いてあったり、脈絡なく海の写真が飾ってあったり、適度にダサい店内がむしろリラックスできます。気合いを入れて行かなければならない表参道の美容院では客同士の品定めの視線もあるし、店員との会話の内容も気を遣います。レミは昔表参道の美容院に行く前はわざわざ単館上映の映画やアートの本を読んで情報を仕込み、美容院ではまわりに聞こえよがしに「最近チェコ映画にハマってるんです〜」とか注釈顔でトークしたものでした。今思い出しても気疲れします。

でも今日のように疲れきっている日は、何も気を遣わず、完全マグロ状態で髪をケアしてもらいたいです。レミが店内を一瞥したところ、数人いる女性客は椅子に脚を投げ出すように座り、ふてぶてしさを漂わせた仏頂面で時おり体をポリポリかきながら雑誌のページをめくっていました。その傍らで美容師が奴隷のように無言で髪を切ったり乾かしたりせわしなく働いていて、女性客は自分の髪なのに関心がないかのように、鏡を見もせず、ただ女性誌を熟読しています。存在を無視された美容師は内心何を思っているのか、自ら客に話しかけるような気概も覇気も感じられません。おしゃれな街の美容サロンでは客のほうが積極的に店員に話しかけ気を引こうとしているのに。

少し不憫さを感じながらも、レミは安心して店員を無視するモードに入り、半分寝たままヘッドマッサージやシャンプー、ブローに身を任せました。時おり半目を開けて「どうも」と上から目線にお礼を言ったりして、約1時間半の工程は終わりました。しかしヘッドスパですっきりするはずなのに、妙に頭が重く、気分がダウナーになってしまいました。むしろ美容サロンに行く前のほうが元気だった気が。現実を忘れるために行ったのに、もやもやが増したようです。

その時、レミの頭にふっと、

「エネルギーは高いところから低いところに流れる」

というメッセージが降りてきました。声の主はヌルランなのでしょう。その言葉の意味について考えると、レミは自分が低調だと思っていたけれど、実は覇気のない美容師のほうがもっと落ちていたので、頭をさわられる度にレミの生体エネルギーが吸い取られ、なおかつ相手の邪気もかぶってしまった、ということかもしれません。美容院に夕方行ったのも良くなかった気が。朝からの疲労や憤懣が堆積しネガティブになっていたのでしょう。クーポンサイトでディスカウントされて給料がますます安くなるという不平不満も渦巻いている気がします。

やはり美容院は、それなりに意識高い系のところに行かないとダメだ、とレミは痛感しました。料金にはトップスタイリストのエネルギーも含まれているのです。レミの体は邪気を排出しようとしているかのように、咳やゲップが連発。でもまだ体は重く、頭の芯がじわじわ痛みます。昨日の動画収録での失態を思い出すと、さらに冷や汗まで出てきて悪心状態に。助けて、ヌルラン……。

すると頭の中にメッセージがもたらされました。

「なんでもいいから自分の中の聖なるイメージに意識を合わせてみて」

高貴なイメージ、何でしょう。気分が悪い今、思い浮かべる余裕がありません。お正月のセール期間に丸ビルで見た獅子舞は聖なるイメージに入るでしょうか。あとは、皇室カレンダー。渋谷で見かけた托鉢僧。教会のステンドグラス。レミはそれらのイメージを思い浮かべ、波長を合わせようとしましたが、焦点が定まらず、頭痛はおさまりませんでした。

そうだ、神社に行こう。テレビで芸能人がパワーが強いと言っていた神田明神の場所をネットで調べて、中央線に乗車。御茶ノ水駅からしばらく歩くと赤い鳥居が見えてきました。そこでお辞儀しようとすると、目の前になぜかピシッと敬礼する男性が。彼は全身に美少女アニメのキーホルダーを大量にぶら下げていました。この神社はアニメの舞台になったらしく、あちこちにポスターが貼られています。ご祭神は萌えを許容しているのでしょうか？　境内には美少女アニメ、『ラブライブ！』のキャラをイメージしたドリンク販売カーが停まっていて、赤や黄緑、青のドリンクをぼんやり眺めていたレミのところに、瘦せたメガネ男子が近づいてくるなり、

「すいません、あの、誰推しですか⁉」といきなりアンケート取材。彼はタブレットで撮影していて、動画配信しようとしているようです。動画配信といえば、昨夜の忘れたい現実がフラッシュバック。今ごろ、レミがカリスマブロガー、エレナをディス

った動画がアップロードされてまとめサイトで炎上しているかもしれません。心臓がキュッとなりました。怖いけど確かめたい……レミは「ちょっと貸して」とオタ男子からタブレットを引ったくり、ふるえる指で検索しました。しかし、染谷やレミの名前で検索しても何もヒットせず、動画はなぜかアップされていませんでした。

ひとまず助かった……とレミが安堵のあまり脱力すると、どこからともなく吹いてきた楓の葉っぱがパサッと頭にあたりました。それは、目に見えない高次元の存在が「守っていますよ」と言ってくれているようでした。「神様、ありがとうございます。そしてヌルラン、ありがとうございます。お礼に今日、これから海老とホタテ入りのシュウマイ食べます」動画中継をじゃまされ呆然とするオタ男子を置いて、レミは本殿をお参りすると、軽くなった足取りで境内をあとにしました。

そのあと、染谷から連絡があり、動画の件もあるので会って話をすることに。今度は自分のテリトリーで相手に巻き込まれないようにしたいと思い、レミはヒカリエのHARBSを指定しました。マスカットティを飲みながら余裕を持って染谷と向き合い、さりげなく、

「そういえばこの前の動画って……」と切り出すと、染谷は、

「ああ、あれ、大変だったんだよ」と苦々しい顔になりました。

「アップロードしようとしたら、バーが96%のところまで行ったんだけどフリーズして。Macの再起動ボタンも効かなくて、電池出し入れしてもどうしようもなくてアップルストアに修理を依頼してきた。何あれ、呪いの動画?」

「そうかもしれませんね。私の邪気相当出てたかも」

「とにかくMacが壊れるとどうにもならないから、もうあの動画はアップするのをやめるわ」

レミは内心安堵しましたが、それから染谷は予想外の要求をしてきました。

「その代わりと言ってはなんだけど、やっぱり撮らせて。例の、ほうれい線を……」

「えっ、まだあきらめてなかったんですか?」

「Macがクラッシュしかけたんだから責任とってもらわないと」

「どういう論理ですか……」

「やっぱり名案だと思うんだよね。それに時代に取り残されたくなかったら常に挑戦し続けないと」

「ムリです……」

「おしゃれなレミちゃんがやったら絶対話題になる。バズるよ」

「そんなことで拡散されたくありません」

「前から思ってたんだよね。君の、うっすら浮き上がりそうなほうれい線がかわいいって」

「それはひどいです」

「指でなぞりたくなるよね」

「……変態ですね」

「フェチって言ってくれよ」

あまりにもしつこくお願いしてくる染谷。目が血走っていて真顔で、レミは軽く引いていました。

「でも俺の友だちでミイラに興奮するミイラフェチがいるんだよ。そっちのほうがよっぽど変態だから。人間ゴマみたいにミイラのグルグル巻きの包帯を解くことを妄想してるらしいよ」

と変な言い訳をされましたがそんなことでは説伏されません。

「とにかく、この話はなかったことに。お役に立てず、すみません」

「今のところどこにもいない新キャラだと思うんだけどな」

染谷の変な磁場に取り込まれそうだったので、レミは「そろそろ失礼します」と席を立ち、店から出ていきました。

ありえないと思いながらも、次の日飲み会で会った文化人男性が、別種の変態で、「ぼ、ぼ、僕は実は女の子が苦しんで死ぬシーンがある映画が大好きなんです！」と唐突にカミングアウトされ、実は変態人口は思ったより多いのかもしれない、とレミは思いました。男子が草食になったというより、ひそかにプチ変態な男子が増えているような……。日本は変態大国だったのでしょうか。

レミがLINEを見たら、また染谷から土下座のスタンプが送られてきて、しつこすぎます。しかしあしらうのもちょっと楽しくなってきました。最初は、小金をひけらかすスカしたセレブ気取りだと思っていた、染谷の知られざる性癖を知って、妙な親近感もわいてきました。彼の秘密を知ってしまったことで図らずも距離が近くなったようです。人は、相手に何かをしてあげたりお金を使ったりするほど、その人に入れ込んで虜《とりこ》になってしまうと心理学のコラムで読んだことがあります。レミは薄々危険を感じていました。無償で動画に協力したというのも、相手にハマる第一歩です。レミは好きになりそうでならない、心の揺らぎをどこかで楽しんでいました。

そもそも人を好きになるって、恋って何？　心の中でレミはヌルランに問いかけました。

すると心にメッセージが浮上しました。

「恋愛っていうのは、もともと何もないんだよ。人の心が勝手にふくらませるんだ。好きだと思うと、どんどんその気持ちが大きくなる」

ちょうどその時、歩いている向こうから、鳩がやって来るのが目に入りました。

「今歩いてくるあのオス鳩、堂々としてかっこいいと思わない？」

「うん、体が大きいし、歩き方がかっこいいかも」

「そうすると、好きっていう思いが生まれて、恋してる感じになってない？」

「本当だ、相手は鳩なのに、ちょっと好きになってる……」

「それが恋の幻影だよ」

「しかもこっちに近寄ってきた」

「レミの念が届いたんだね。恋愛はゲームみたいなもの。人はそれにハマってエネルギーを吸い取られてしまうんだ」

「あ、今度別の鳩と歩いてる。何だろうこの気持ち、嫉妬……？」

レミは恋が生まれるまでの気のせい的な心の作用を体感し、一抹の虚しさを覚えながらも、その麻薬的な感覚を味わいたいという思いが芽生えました。久しぶりに恋愛したいです。たまにはいいよね。と、空に向かって問いかけましたが、ヌルランの返事はありませんでした。

7

鳩に疑似恋愛の感情が芽生えたレミは、それ以来、つい鳩に目がいき、これまで何とも思っていなかったのが、かわいく思えるようになってきました。首のあたりが緑色の光沢感あってかっこいいし、急に首を激しく振るキレキレな動きも素敵。何より平和の象徴だし。そうだ、善行の動画、鳩に餌をやる映像を撮るのもいいかも、とレミは思い至りました。でも鳩おばさんと思われそうで悩みます。鳩に続き、スズメもかわいらしいです。その感情を生きとし生けるものすべてに広げていけば「慈愛」という崇高なヴァイブレーションになるのでしょうか。しかしレミは気付いていました。ピースフルな「慈愛」では麻薬的な快感は得られないことに。恋愛でないと脳の報酬系の領域は活性化しません。

恋愛をしたいという欲求は、服やバッグを手に入れたいという物欲とどこか似ています。毎シーズン、各ブランドから新しいバッグが発売され、店や雑誌の誌面に登場。そのうちのひとつのバッグに心奪われたら、手に入れたいと希求し、デパートやショップに毎週のように通い、ガラスごしにそっとお目当てのバッグを見つめてときめきます。トランペットを買ってもらえない少年のように。そしてなんとか自分のものにしたいと思いながらも値段が20万円とかして手が届きそうで届かず悶々とします。日々情報収集して、バッグの各店舗での価格や色ちがい、愛用しているセレブのランクなど調べまくります。まるで好きな人の名前で検索しまくるように。ついには買えないとあきらめたら、手頃な数万円の、身の丈に合ったバッグを購入。そして買えなかったバッグへの思いはいつしか複雑な愛憎入り交じった念になり、今度はネガティブ情報を集めだします。ワンストラップは使いづらいとか、デザインがパクりだとか、ダサいセレブが使っているとか。失恋相手に無理矢理幻滅しようとするように。そして完全にあきらめようとしながらも、なにかでそのバッグが目に入ると、心が揺れ動いてしまうのです。バッグなんて持たない、所有欲のないヌルランには想像できない感覚でしょう。

レミは、ちょっと前まではハイブランドのバッグを買う満足感で、恋愛の欲求、男性不在の心の穴を埋め合わせていました。しかしブロガーとして人気が低空飛行で、仕事も干され気味の今、セリーヌとかヴィトンとか高いバッグを買える経済状態ではなく、フラストレーションがたまっていたようです。とりあえず誰か好きになりたい、という心理状況でした。

そこに現れたのが屈折したフェティシズムの染谷でした。と言うとかっこいいですが、要はプチ変態。彼のリクエストに応えてあげるべきか、レミは迷っていました。ほうれい線キャラは新しい、という言葉にも半ば洗脳されかけていました。

そんな折、由香から連絡があり、食べ物に異様に執着心を持つ彼についていけない、付き合って一緒にトンカツを食べてたら肌荒れしてしまったと悩みを相談され、2人で占いイベントに行ってそれぞれの悩みを解決してもらおう、という流れになりました。

ファッションビルで行われた占いイベントの会場には、巫女コスプレの女性から、訳あり熟女風占い師、チベット僧の格好をした白人、オネエの霊能者まで、キャラ立ちしたその筋の方々がたくさんいて、清濁混然となった波動が渦巻いていました。ファッションビルなのでポップな壁だったり、内装がうずまく妖気を軽減していました。耳ツボジュエリーのブースで耳にシールを貼られグイグイ押されたり、波動を上げるという粗塩を買ったり、天然石に手を伸ばしたら1万6800円もして即戻したりしているうちにエネルギー酔いみたいな症状で軽い頭痛がしてきて、とりあえずどこかに座ろうということで、それぞれカウンセリングを受けることにしました。

レミは「過去世《かこぜ》霊視　5分で1000円」と書かれた席が気になって、目の前の60代くらいの女性に「お願いします」と言って静かに座りました。そのおばさんは、大人しめのルックスながら、よく見たらエルメスのスカーフをまとっていて、こういう業種は儲かるんだなというのが薄々伝わってきました。ブロガーとして逼迫しつつある今、路頭に迷う前に、占い師やチャネラーに転身する道も考えたいです。そのためにはもっと精進してヌルランとの結び付きを強めてコミュニケーションできるようにならなければ。今のところ、自分の調子が上がっている時や、心が無になった瞬間にしかメッセージを受信できないようです。

目の前の霊能者のおばさんは、羨ましいことに目を閉じたらすぐビジョンが見えるようでした。

「あなたの前世は……江戸時代の農家の娘です。雪掻きしようとして屋根から落下して死にました」

リアルな前世でなんとなく説得力があります。レミは雪が降ると憂鬱になる理由が前世の死にあるのかも、と思いました。

「その前の過去世はイギリスのバレリーナです。広い洋館に住んでいました」

やっと出てきたセレブ系の過去世。バレリーナと言われてみたら、レミはつま先立ちが苦にならなくて、10センチヒールでもよろけず歩けるのは、その時培った能力かもしれません。このおばさん、結構腕あるかも、と思い、レミは気になる人の過去世を聞いてみることにしました。まだあと2分は残っています。

「あの、気になる男性がいるのですが、その人の今の人生に影響を及ぼしている過去世を教えてくださいませんか？」

レミはメモに染谷の名前を走り書きして彼女に見せました。

おばさんはチラッと時計を見て確認すると、

「まだちょっとあるのでいいですよ」

と、目を閉じました。急速眼球運動が始まったのかまぶたの下で眼球が左右に数秒間動いたあと、

「その彼は、前世で孤児でした」と言いました。

「ヨーロッパの孤児院で、母親を知らずに育ち、ストリートチルドレンみたいなことをしていたようです。妹のためにパンを盗んだりしている姿が見えます」

セレブ気取りの染谷とはかけ離れた過去世。

「ずっとお母さんが恋しいと思っていたようですよ。だから今世でも年上の女性とかに惹かれるみたいですね。そういうところはありませんか？」

それを聞いてレミはハッとしました。もしかしてほうれい線という、熟女の象徴に惹かれるのは、みなしごだった過去世が影響しているのでは……。

「今、なんかすごい鳥肌立ちました」

レミは、染谷がほうれい線にやたら固執する理由がわかった気がしました。染谷のことを深く理解できたような気がして、彼への思いが少し高まりました。そして母性本能が刺激されるのを感じました。

「あ、まだ知りたい人がいるんですけど、まだ1分あるからいいですか?」

そして、レミは、エレナと平沢さんの名前を紙に書きました。2人とも自分よりみじめな過去世であってほしいと薄暗い願いをいだきながら。しかし霊能者の女性は「この方はヨーロッパの小国の姫ですね」とエレナについて答え、平沢さんにいたっては「古代エジプトの書記官」と、2人ともセレブな過去世がでてきて、レミは内心がっかりしました。

(この人、当たらないんじゃ……)とさっきまでの評価から手のひら返しです。

由香は由香で、別のブースで彼の前世が飢饉で死んだことを告げられ、食い意地もしかたないと納得できたようでした。

「彼がデブってから、寝てるとき、ズゴゴゴ～ってディスポーザーみたいな音をたてるの聞いて幻滅して別れようかと思ってたけど、もうちょっとがんばってみようかな」

「うん、それがいいよ。私もいろいろがんばってみる」

と言いながらも、浮かない表情のレミ。

「何かよくないこと言われたの？」

「ちょっとね」

「もしかして恋愛の悩み？ 誰か好きな人いるの？ もう相談してよ～」

「何か展開あったら報告するね……」

自分のショボい前世に加え、染谷の過去世の秘密、そしてエレナや平沢さんのセレブ過去世を告げられたことで、レミは頭の中が混乱していました。

「あのおばさんが適当に言っているだけかもしれないし」と思いながらも、妙に符合している部分があり、簡単に嘘だと片付けられません。

（やはり輝いている人は、前世も前々世もキラキラしているのか……）

と、脱力感に襲われます。

「人はすごい幸せな人生も、不幸まみれの人生も両方体験して、学んでいくんだよ」

と教えてくれる声の主は、ヌルランか。

もしかしたら、王族から浮浪者、罪人と浮き沈みの激しい人生を送るタイプと、せいぜい町長とか部長の身分から貧乏な庶民と、触れ幅が小さいタイプにわかれるのかもしれないとレミは思いました。エレナや平沢さん、染谷なんかはきっとドラマティックな波瀾万丈パターンで、自分は地味な過去世歴かもしれない、レミはそんな気がしてなりませんでした。

このショボいサイクルから脱するにはどうすれば良いのでしょう？　やはり動画で話題になるのが良いのでしょうか。レミはひとりカフェで思案し、染谷にＯＫのメールを送信しようとしました。すると、店内でグラスが割れる音がして、「失礼しました！」とバイトの若い店員が謝っていました。さらにムーンストーンのブレスレットが気付かないうちに弾け飛んでいたらしく、腕から消えていました。これは警告のメッセージなのでしょうか？　潜在意識か、守護霊のヌルランか……。レミは怖くなって染谷にメッセージを送るのをやめて、店を出ました。すると突然のゲリラ豪雨が、禊《みそぎ》のように降り注いできました。バチって本当にあるのでしょうか……。

人生は、浄化と汚染の繰り返し。アセンションとオセンションです。前にツイッターで見かけた、godblessnamekoという女性のアカウントで、「パワースポットで立ちションしたらオセンション」とかいうような言葉があったのが、レミの記憶に残っていました。

検索しようとしてツイッターを開いたものの、おぼろげな記憶でヒットせず、代わりに、誰かのリツイートで、エレナが今度ファッションの番組のMCに抜擢されたというニュースが飛び込んできました。彼女ばかり充実してチヤホヤされて、対する私は変態男の都合の良い女になりかけている。レミは苦々しい思いでアプリを閉じました。

「いつか彼女も調子に乗って炎上しちゃえばいいのに……」

ネットの海は悪意の波に満ちています。そのうねりにまきこまれると、もてあそばれてボロボロになって、波の間を漂う藻くずのような姿になり、打ち上げられて干あがっていく……。栄光に溺れた人は、藻くずとなる運命なのでしょうか。女性に好感度が高い人気モデルですら、妊娠中なのにランウェイを10センチヒールで歩いて批判が集中。そのあとは、パクり疑惑の有名デザイナーが標的になり、親の敵でも取るような執念深さで、Tシャツやロゴマークのパクリ元を調査され、晒されまくり、再起不能なまでに追い込まれました。まだ個人的に恨みでもあればわかりますが、彼らはただ、人が堕ちていくのを見たいだけなのです。人が不幸になることで自分の方が上だと思い、歪んだ優越感に浸って、脳の報酬系が活性化……人間は業が深い生き物です。イルカにはそんな変な快感はなさそうだし、そもそもネットもやってないし、報酬系が刺激されるのは魚をつかまえた時くらいで平和です。ヌルランに尋ねると、「イルカは集合的無意識でつながってるから欲しい情報はすぐ受け止めるよ」とのことでした。それもネガティブな情報をわざわざ探したりすることもないのでしょう。

いつかエレナも炎上するかもしれない……レミはそんな腹黒いことばかり考えてしまう自分を反省しました。ヌルランに嫌われてしまう。レミはとっさに笑顔を作り、ななめ上に向かって微笑みかけました。

8

ネットのニュースサイトに、グラビアアイドルがインタビューで「私はもうオワコンなんで」と言っていた記事を見て、「オワコン」という単語がレミの心に刺さりました。もしかして私も落ち目のオワコン？　と自分の名前とオワコンで検索してみたけれど、何もヒットしませんでした。そもそも始まっていないから終わらないか、と自嘲的につぶやいたレミ。そのアイドルはヤフーに取り上げられるくらいだから全然終わりでもないし、もっと底辺の存在だっていることを忘れないでほしいです。深海の海の底、泥の中に生息している微生物もいるのです。

テレビを点けたら、ホテルオークラ本館がもうすぐクローズするというニュースが流れていました。すると頭の中で、ヌルランが、行きたいな、とつぶやいた気がしました。高級志向のヌルラン、さすが高次元スピリットです。最終日、レミはホテルオークラに向かいました。日本の伝統美とモダニズムが息づくクラシカルな内装で、白いランタンの照明がゲストを暖かく迎えます。数年前コスメのパーティで来て以来かもしれません。すっかりイベントに呼ばれなくなってしまいました……。

横の入り口から入ると、ホテルを懐かしんで写真を撮りまくっている人がたくさんいました。壁とか照明とか、あらゆるものを撮影。実際そんなに思い入れがあるのでしょうか？　きっと今日で3回目に来たくらいの冷やかしの客では？　そんな、人のことは言えませんが。

ロビーでは、本館フィナーレコンサートを開催していました。行った時は既に席は埋まり、後方から立ち見するしかありません。「ホテルでは、文化支援事業としてメセナ活動を行ってまいりました。毎月若手音楽家に演奏の機会を持っていただくもので、今回で345回目になります」と、カッチリした白いスーツ姿の司会の女性が紹介。やんごとなき空気の中、若手の演奏家がひとりずつ演奏。黒づくめのファッションの男性ヴァイオリニストがでてきて、本館の最期にふさわしいしめやかな感じです。ふと、レミはこの会場に報道陣が多いことに気がつきました。演奏と観客を撮影し、ニュースで流すのでしょう。もしかしたらこれはチャンスかもしれません。クラシカルな年配客が多い空間で、原色のワンピース（プチプラファッション）のレミは目立っていて、もしニュース映像に流れたら、あの子は誰？　みたいに話題になるかもしれない。そんな下心が膨らみ、レミはワイプに映った芸能人のような、いい人風の微笑みを浮かべて、コンサートを鑑賞。クラシックの良さ？　何となくわかったような、わからないような……。ヌルランはハーモニーに浸って気持ち良さそうなイメージが頭に浮かびました。音楽好きのイルカ霊です。意外と長く1時間以上も立ちっぱなしで足が棒になりましたが、今夜のニュースが楽しみです。

帰り際、レミがアーケード街に立ち寄ったら、閉店セールをしていて、ダサいTシャツが540円で売られていたり、もう片付けて什器だけになっていたりで、うら淋しい気持ちになってしまいました。出口の方に戻る途中、「平安の間」が開放されていて、人がどんどん吸い込まれていっていました。記念写真を撮る老夫婦や、またもや壁や絨毯を撮りまくる人々が。つい貧乏性のレミもつられて壁や床、謎の壺など撮影してしまいました。（こうやって、高級品に触れるのはいいことですよね）と、心の中でヌルランに言い聞かせながら。しかしよく見たら、平安の間の壁は、三角形が敷き詰められる中、ところどころ六角形になっていて、もしかして……とレミのセンサーが作動しました。三角形はフリーメーソンのピラミッドを象徴していて、六角形はソロモン伝説の六芒星《ろくぼうせい》にちなんでいるのでは？　そういえば有名なランタンも横から見たら六角形です。スマホで思わず「ホテルオークラ　フリーメーソン」で検索したら、フリーズしてしまいました。やはり調べてはいけないNGワードなのでしょうか。この手の陰謀論をさんざん語っていた元カレの雅之がなつかしいです。ちょっと会いたくなりました。

帰宅して、ニュース番組をチェックしていたら、結局映されていたのはホテルに思い出があるシニア世代とか、ここで結婚式を挙げた夫婦とかで、レミは全然映っていませんでした。若妻が、コンサートを聴いて涙を流しているのを見て、何？　結婚式挙げたくらいで自分の家でもあるかのような気分になっちゃって、ダサっ、とレミはチャンネルを変えました。富裕層への敗北感と呪いをにじませながら……。

久しぶりに高級ホテルに行ってほっとしているのもつかの間、今度はさらに重大なニュースが入ってきました。といってもオカルト系まとめサイトの情報ですが。9月3日に、またマヤの暦が終わり、人類が滅亡するかもしれないそうです。またですか……。最初2012年12月23日に滅亡するとか言ってなかったでしたっけ。9世紀になっても壁画を描いていたマヤ人のかまってちゃんぶりにはあきれてしまいます。しかしレミは、滅亡説を完全に笑い飛ばせない部分がありました。マヤの暦の研究者ロバート氏が、なんとうるう年を計算に入れていなかったという凡ミスがあり、計算しなおしたら今度の日付になったそうで……。マヤ人は悪くない、現代人のまちがいだったのです。他にも9月に小惑星が衝突したり隕石が落下するという説や、女神イシスの神殿にも2015年に人類が滅亡するらしいことが表現されているとかで、また滅亡の気運が盛り上がってきました。

滅亡する時はヌルランがきっと助けてくれる、そう信じているレミでしたが、その前にやり残したことが結構あります。第一の懸案事項として、もやもやと気になっている染谷の気持ちを確かめたい。心残りがあると、成仏できません。レミは滅亡ハイのような状態になりつつありました。滅亡の瞬間はオルガズムを迎えるみたいに「逝く〜〜〜!」と叫びたい。できれば好きな人と一緒に……。滅亡イブはクリスマスイブよりも大切です。久しぶりに染谷に連絡しても、フェチ動画を断ってから何かよそよそしくて返事がなかったので、彼のイベント出演の終わり時刻を目指して9月3日に直接会いに行くことにしました。

その夜、阿佐ヶ谷のイベント会場に行って出待ちしていると、しばらくして染谷の姿を発見。やはり遠目に見ても微妙なルックスですが、フツメンの中のフツメン的な顔が今は味わい深く、もしかしたらイケメンよりもフツメンを好きになる方がハマってしまうものなのかもしれません。しかし染谷のあとに続いて、若い女子が出てきました。レミとは反対の、背が低くてふわっとした茶髪の若い女子。距離感が近く、見るからに仲良さそうです。そういえば彼女がいるかどうかって、今まで聞いたことがなかったと今さらながら思い出し、店を出て歩き出した染谷はレミに気付くと、ちょっと驚いた表情で「この前はどうも」と他人行儀に挨拶。「誰？」という隣の女子の問いかけに「この前動画を手伝ってくれた人」と、ビジネス的な関係を強調しました。やはり、そういうことだったんですね。単に都合の良い女でした。レミは「あ、今日阿佐ヶ谷は偶然、この近くに友だちの店が……」としどろもどろになりながら、その場を立ち去りました。

こんな気まずさを感じるなら、今日電子レンジでイカ焼きを加熱したら大爆発したうえ、ブレーカーが落ちるという悪い予兆を真摯に受け止めるべきでした。あんたたちなんか滅亡してしまえ！　と心で叫び、中央線に飛び乗りました。スマホで染谷のツイッターをチェックしていたら、決定的なことに気付きました。染谷はそもそもレミのことをフォローしていなかったのです。レミがどんな人で何をしているとか、とくに興味がなかったのです。ショックです。でも、もしかしたらリストに入れているのかも……とあきらめきれず、淡い期待でリストを眺めてもレミは一切入っていません。しかし、先ほど見かけた女らしきアカウントはフォローしていました。一応「お気に入り」も見たら、地下アイドルの「今日はレッスン頑張りましたー（＾＾）」とか「ねむーい、おやすみ～」といったつぶやきに脈絡なく☆マークを付けていて、何この人、キモい……とレミはゾッとしました。これからは彼のキモいところをどんどん探していって嫌いになることで、失恋のダメージを回復したいです。とりあえず、フォローをそっと外しました。しかし、フォローしないままブックマークからチェックしてしまいそうです。

心の中でヌルランに救いを求めましたが、ヌルランは最初から染谷に良い印象を抱いていなかったようで、「やっぱりね……」という心のつぶやきが聞こえました。

こんな淋しさを抱えてひとり滅亡したくないと、レミは久しぶりに雅之にメールしてみました。何も用件がないのにメールするのも何なので、彼の好きそうな話題で、ちょうどオークラで撮影した三角形と六角形の壁の写真を添付。「久しぶり。お元気ですか？　最近、気になる壁の模様を見つけたので送ります。ホテルオークラはメーソン系なのでしょうか？　それでは明日、人類滅亡するかもしれないのでお気をつけください」とメッセージを送信すると、数時間後に返信がありました。

「俺は元気だけど、思い出してくれてありがとう。このデザイン、たしかにあやしいね。昔、オークラのオーナーの娘とジェイコブ・ロスチャイルド男爵が恋に落ちたけれど娘の父親に反対されて、娘は入水《じゅすい》自殺したといういわくがあり、ロスチャイルドは日本に対して強い思い入れを持っているらしいので、何か関係あるかも。調べてみるよ。人類滅亡の件だけど、聖徳太子の予言によると２０１６年が山場らしい。そういえば、この前たまたまレミの動画見つけたけど、あの染谷って奴、ヤバいね。目つきがおかしいし、バビロンからマインドコントロールされてるんじゃね。それかクローンかも。動きが不自然なので」

と、相変わらずななめ上を行く内容で、ちょっと笑えて復活。しかも染谷がマインドコントロールとは、笑えます。目つきがヤバいのはきっと変態だから……。陰謀オタクに変態と、なんでレミの周りには変な男しか寄ってこないのでしょう？　そろそろふつうの、まともな人と知り合いたいです。

「ちゃんとした人を引き寄せたかったら、自分の波動を高めなければ」とヌルランのアドバイスが心に浮上しました。おっしゃる通りです。

9

9月3日は、周知の通り、結局滅亡しませんでした。この日あった主なニュースは、危険ドラッグの摘発件数が昨年の418倍だったことが発表され、三菱自動車とホンダの車がエンジン系統の不具合で70万台リコール、人身事故で西武新宿線が運転を見合わせ、阿蘇山と桜島で小規模な噴火が発生。和歌山県太地町でイルカ追い込み漁が出漁(ヌルラン息してる?)。こうして見ると、負のニュースが多く、当事者にとっては滅亡に近い事態が、日々発生しているようです。地球上では毎日誰かがプチ滅亡している、それで負のパワーが分散しているのかもしれないとレミは思いました。そして大変な目に遭った人に、滅亡エネルギーの一端を負ってもらったことへのねぎらいと感謝の念を送りました。レミも心の一部が滅亡した感がありますが、軽く失恋したくらいで済んでまだよかったのかもしれません。

それでも続く、パッとしない日常。平沢さんが副編集長の雑誌が届いたので見たら、レミのかわりにエレナが大きく取り上げられていました。やっぱり……と、胸の奥が苦しくなり、変な汗がでてきました。自分をむげに扱った雑誌への恨みがわいてきて、本当だったら、今までの感謝をした方が良いのは重々承知ですが、つい、雑誌のタイトルと「つまらない」というワードで検索。すると、とくにつまらながっている意見は見つからず、「エレナさんがたくさん出ていて嬉しい」という意見に、さらに力が抜けていく思いでした。編集長の金遣いが荒い、というどうでも良い情報は出てきましたが……。

自分の人生がパッとしないのは、世の中のせい。権力を握っている人たちが甘い汁を吸っているから。そして心の逃げ場になるのが陰謀論です。

なんとなく女性誌を眺めていたら、1枚の写真がレミの目に止まりました。あのヒルトン姉妹の妹ニッキーがいつの間にか結婚していて、相手がなんとジェームズ・ロスチャイルド。イギリスのロスチャイルド家の御曹司だったのです。世界を牛耳り、フリーメーソンやイルミナティや300人委員会のトップと言われるロスチャイルド家。ニッキーと一緒に写っているジェームズの写真をパッと見たら、結婚式の最中なのに、目に感情がないというか、温度が感じられない。彼は爬虫類人に違いないとレミは直感しました。

以前、雅之に誘われて、ロスチャイルド6世の長女で親日家のシャーロット・ド・ロスチャイルドの来日コンサートに行ったことがありました。ＭＣで彼女は、イギリスの館がどれほどゴージャスか自慢をかましていましたが、そんなにイヤな感じがしなかったのは生まれながらの特権階級だからでしょう。レミの心に残ったのは、彼女の胸に光る巨大な宝石。光の角度によって赤になったり緑になったり、見たことのないミステリアスな天然石でした。シャーロットは北原白秋作詞の曲「かんぴょう」を歌っていて「かんぴょうかんぴょうかんぴょう♪」という歌詞が意識下に刷り込まれ、レミはその日スーパーでかんぴょうを買って帰ったのでした。それも何かの陰謀？　背後にかんぴょう利権が？　と雅之と盛り上がった記憶があります。でも、かんぴょうの花、夕顔は平安時代は庶民の花で、貴族は朝顔を育てていたと聞いたことがあるので、シャーロットがかんぴょうに関心を抱くのはノーブレス・オブリージュ的なことだったのかもしれません。

そんな思い出がジェームズ・ロスチャイルドの写真を見たあと数十秒よぎり、なつかしい思いにかられました。しかしレミにはニッキーのようにロスチャイルド家とつながれるコネも皆無で、何の後ろ盾もないので、独力で道を開拓しなければ……。

そんな想いを新たにしたところ、ツイッターのタイムラインに、godblessnamekoのツイートが。

「千駄ヶ谷での村上春樹先生ノーベルカウントダウンイベント、今のところマスコミしかお客さんがいません。今イベントに来ると全国デビューできます」

もしかしたらチャンスかも。ヌルランも行ったほうがいいよって言ってる気がするし、直感を信じて行ってみようとレミは急いで支度して千駄ヶ谷に向かいました。村上春樹先生が与えてくれた、年に1度の有名になれるチャンスです。彼が受賞するまで続きます。

数十分後、会場である鳩森八幡神社の境内に到着すると、照明に煌々と照らされた広場にパイプ椅子が40脚ほど並んでいて、たしかに7、8人しか座っていない、受賞発表40分前。ここに座るともれなくムービーカメラが近づいてきてレポーターにインタビューされます。顔を売る機会ですが、目の前のハルキストっぽいニヒルな男性がマイクを向けられ「人間観察しにきました！」と言い放ったのを聞いて、落ち着かない気分になってきたレミ。隣ではまじめそうな女性が「本はいちおう読破してます。はじめて読んで感動したのは『1973年のピンボール』です」「ノーベル賞を取っても取らなくても作品の素晴らしさは変わりません！」などと言っていて、次第にいたたまれない気持ちに。よく考えたら『ノルウェイの森』を途中までしか読んでなくて、どのくらいファンか聞かれたらまずいです。今の知識だと「セックスシーンが意外と激しくてドキドキしました」、そんなことしか言えなさそうです。付け焼き刃が全国に放映され、炎上確実。目の前で小学低学年くらいの男子が、テレビのスタッフにつきまとい、「僕も出たい！」と大声で訴えていました。そしてどこかからマイクを奪って勝手にしゃべりだしました。「1年2組、木村リョウタです！」と。絶対彼は村上春樹読んでないです。自己顕示欲の塊ですが、レミもほぼ同類だと自覚。あの少年のように、素直に心の欲求を言えたらどんなに気が楽かとレミは思いながら、椅子に座る勇気はなかなか出ないでいました。そして、前から2列目の一見美人風の女性は明らかにテレビに映りに来た気が。(何度も髪かきあげて、自意識過剰なんじゃないの？) とレミは内心毒づきました。「あの子、かわいいからあっちから映して」そんなディレクター風の男性の声が聞こえ、ますます苛立ちがつのります。薄暗い一角で背後霊のように辛気くさくたたずんでいるレミのところに寄ってくるマスコミは皆無です。そうこうしているうちに、近所の人たちが集まってきて、席が埋まってしまいました。椅子の後ろに立ちつくすレミ。しばらくして目の前のモニターに、スウェーデンの同時中継映像が映し出され、ついにノーベル文学賞発表の時が。しーんと静まり返った会場には、聞いたことのない、スなんとかアレクサンダーみたいな名前が流れ、どうやら受賞しなかったようです。やれやれ。その、がっかりしている最前列のファンを、カメラマンが撮影し、激しくフラッシュが光りました。カメラの角度的に、レミは映っていなさそうです。もし受賞していたら、その後のインタビューも積極的に行われたでしょうが、会場のテンションが沈静化し、解散となりました。

その夜、ニュースをつけたら、会場の全体像が映ったときレミは0・5秒くらい映っていたくらいで、あとは前列の熱心なファンと、前列越しに例の目立ちたがり女子と少年がフィーチャーされているのを確認。しかも、発表直前に芝居がかった感じで祈るようなポーズをしていたのがレミの神経を逆撫でしました。あんな90年代っぽい髪かきあげ女に負けるなんて！

空回り感と焦燥感が増幅し、やけになったレミは、夜中ダウナー状態でツイッターに唐突に「うんこ」「うんこうんこうんこ」と連続して書き込み、そのせいで一気に300人フォロワーが減ったけれど、もう何もかもどうでもよくなってきました。こうなったらもう負のオーラでヌルランも近づけません。やさぐれたレミは、毎夜、自分より不幸な人を探してまとめサイトや芸能サイトを巡回。そして道を歩けば、カップルが歩いている間をわざと割って入るという非道ぶり。「今日は6組のカップルを引き離した」なんて満足感にひたるほど、精神的にまずい状態でした。

そんなレミのもとに、久しぶりのパーティのインビテーションが届きました。ヘアケアブランドの新製品ローンチパーティで、少しは気晴らしになるかもしれないと、少しおしゃれして虎ノ門ヒルズのレストランに向かいました。ピンク色のパッケージのトリートメント剤が台座に鎮座し、華やかな、というよりチャラい客層がシャンパンを飲んで夜景を眺めたり、撮影しあって盛り上がっています。ここに来ている美容師は、かっこいいけれど相当遊んでいそうです。タトゥー率も妙に高いです。某連合の息がかかっていそうな、黒いタンクトップのちょいワル系イケメンがＤＪをしていました。彼の肩にもガッツリ入ったドラゴンのタトゥーに目を向けながら、今の波動的に心惹かれるものを感じていたレミ。しかし他の女子たちが取り囲んで写真を撮っていたので、同じミーハーに思われるのがくやしくてその場から離れました。

そのとき、会場がちょっとざわざわした気がして入り口を見ると、そこには常日頃レミが意識してやまない、カリスマインスタグラマー、エレナの姿がありました。しかし、インスタグラムで見ているような、リア充感はほとんど感じられず、やつれている印象を受けました。やっぱりインスタグラムの画像はアプリで加工してたんだ、と鬼の首でも取ったかのように内心喜んだレミ。それにしてもあのクマ、ドラッグでもやっているんじゃないの？　なんて心の毒舌モードが止まりません。エレナはパネルの前でオフィシャルカメラマンに撮影され、適当にフィンガーフードをつまむと、ふらっとテラスに出てひとり夜景を眺めていました。疲れた表情だけど、くやしいことに絵になります。ヘロイン・シックだったか、かつてケイト・モスとそのジャンキー仲間が漂わせていた退廃的でクールな雰囲気に通じるものが。レミの粘着質の視線に気付いたエレナが、こっちを見たので、2人は目が合いました。すると、エレナはレミに向かって弱々しいほほえみを浮かべ、その瞬間、レミは彼女をさんざんディスって消えればいいのにと思っていたことを少し反省しました。勝手に敵対心を抱いて、相手をネガティブな目で見ていたけれど、エレナの方は当たり前だけどレミに対しとくに他意もなく、むしろ、ちょっとフレンドリーに接してくれている。しかもレミと同じくらい孤独で、あまり幸せそうに見えません。もしエレナが取り巻きと写真撮影して女のグルーヴ感を見せつけてきたら、レミは悪感情を増幅させていたことでしょう。しかし星も見えない東京の曇った夜空の下、所在なげにひとりでパーティに来ている女2人の魂は、一瞬だけ共鳴したかのようでした。

10

その日の夜中、家に帰ってからレミはなんとなく自撮りしていました。パーティ帰りで気怠《けだる》い感じの様子と、買ったばかりの服をブログのため記録したかったのです。20代の頃は3、4枚撮影すればその中に良い写真があったのに30代となった今は10枚くらい撮らないと、表に出せる写真がないのが切ない……と思いながら、レミはデジカメのモニターをチェック。この写真は前髪の分け目が変、この表情は疲れてる、これは顔の角度のせいでえらが目立つ、とジャッジしていったのですが、あれっ？　と1枚の写真で手が止まりました。

肌の色が緑がかっているような……。死相かと思ってギョッとしましたが、拡大すると部分的にウロコみたいになっています。もしかして……爬虫類人……？

爬虫類人を画像検索し、ヒットしたセレブの画像を眺めているうちに、レミの中に黒い万能感が芽生えてきました。王侯貴族、政治家、国際金融組織、宗教などはすべて爬虫類人に牛耳られているといっても過言ではありません。イルカと爬虫類人、どっちが強いんだろう。もしかしたらレプティリアン？　と不遜な思いまで芽生えてきました。ヌルランが上空から哀しげな目で見つめている気がしますが、今はそれどころではなく、覇権側である高揚感が止まりません。こんな自分がブロガーになったのは、きっと人間の様子を観察して、レプティリアンの星に情報を流す使命があるからかもしれない、と思えてきました。

週末、レミは由香とお茶しました。爬虫類人を意識して、爬虫類人が多く生息しているという駒沢のカフェを指定。駒沢の住宅街には幸せそうな家族連れがたくさんいましたが、今のレミにはレプティリアンファミリーにしか見えません。由香は駅から遠いと文句を言いながら、若干疲労感をにじませてきて、席に着いたとたん、また彼の文句をぶちまけだしました。

「彼の食欲がおさまらなくて、とにかく炭水化物食べ過ぎなんだよね。1キロの麺が入ったラーメンとか。バーガーキングの肉が4、5枚はさまったやつも食べに行ってた」

由香の不平不満は毎度のことで、むしろこれはノロケなのではと思えてきます。1度、由香と彼と一緒に食事したことがありますが、むしろ由香の方がフライドポテトとか唐揚げとかどんどん頼んで、彼が食べているところを眺めて楽しんでいる感がありました。フィーダーという、どんどん食べさせて太らせるフェチのことを聞いたことがありますが、それかもしれません。底なしの沼やブラックホールに物をどんどん放り込んでいくような楽しさがあり、レミもその時、たくさんオーダーしてしまった記憶があります。フィーダーと気付くなんて、今日の私、頭がキレてるかも。爬虫類人と自覚したせい？　とレミは内心嬉しくなりました。そして由香にポジティブな言葉をかける余裕が。

「でも結局そう言いながら、仲が良さそうで羨ましい」

「レミは最近どうなの？　好きな人ができたっていうのは……」

レミの胸に一瞬、薄暗い霧がよぎりました。あれを失恋といって良いものか、失恋の切なさよりも、悪夢を見て目覚めた時のような不快感がよぎります。

「そもそも何もなくて、縁が切れたから。新しい人誰かいたら紹介して」

「わかった。というか今日のレミいつもよりかわいいから、きっとモテるよ。何か目が輝いてる気がする」

「本当？　ありがとう」

「その緑のトップスも似合うね」

「私、肌も緑色っぽいんだよね。最近変な写真が撮れたんだけど、見る？」

と、レミが例のデジカメの写真を見せると、

「本当だ。不思議。加工したの？」

「してないよ。私もしかしたら爬虫類人なのかも」

「レミ、前から低体温で冷え性だったもんね。爬虫類人、あるかも」

由香にはふつうに受け入れられたというか、さらっと流された気もしますが、とりあえず嫌悪感を示されなくてレミは安堵しました。

しかし別の、スピリチュアル好きな女友だち、伊藤さんには、写真をしばらく凝視された後、怯えた表情で「やっぱり血とか好きなの？」と真顔で聞かれて、微妙に気まずい空気になったりしましたが。スピ系女子でも自分はピュアで高次元だと信じている人は、爬虫類人が受け入れられないようです。自分の方が霊格が上だという優越感があるのでしょう。

ここで重要なのは、レミが自分は爬虫類人、支配者側、権力側の種族だと思うことで、妙な自信が芽生えてきたことです。ブロガーとして落ち目で、雑誌の仕事を干され気味で、パーティの招待状も減少し、自己評価も地に堕ちていたのが、爬虫類人と

自覚してからは、内側から不思議な力がわいてきたようです。レミに決定的に足りなかったのは自信で、ここ最近運気が下がっていた根本の原因は、「自分はダメだ」というネガティブな意識でした。「自分は無敵」と思うことで、目に光が宿り、口角も上がってきました。そんな波動をキャッチしたのか、敏感なファッション関係者からまた招待状が届きはじめました。

その中でもイケていると思われるコスメブランドの新しいラインのパーティに行くため、レミは渋谷へ。爬虫類系セレブ気分で、タクシーで会場に乗り付けました。地下の空間は赤いライトで妖しく照らされて、ボンデージファッションを身に付けた男女がポールダンスしたり、カウンターの上で官能的なダンスを繰り広げていたりして、これこそ都会の夜遊びとでもいうような空気が充満しています。シャンパンを飲みながら、レミは軽い微笑みを浮かべてダンサーを眺めていました。アクセサリーブランドのPRの女性が「レミさんですよね」と慇懃《いんぎん》な笑顔で話しかけてきて「一緒に撮影してください」と頼み、レミはまた自分の人気が復活したような気がして嬉しくなりました。今日は、人の視線をいつもより感じます。「元気〜?」とデザイナーの男性もフレンドリーに挨拶。フォトグラファーの知人も一緒に記念撮影。レミはこのようなクリエイター同士のヌルいお仲間感が苦手でしたが、それは自分が仲間に入れてもらえないという疎外感を抱いていたからかもしれません。今では、馴れ合いの空気も心地よく、周りの一般人がチラチラ羨ましそうに見てくるのが格別な快感をもたらしてくれます。平沢さんも見かけましたが、相変わらず軽く無視されました。いつもなら傷つくところですが、（彼女、単に老眼なのかも）と、心の余裕からいたわりの気持ちが生まれました。

それにしても、この手のパーティに必ずいるはずのエレナの姿が今日は見当たりません。21時をすぎても、まだ来ていなくて、そんなにパーティに居続けるのもダサい気がしてレミは22時前に退出しましたが、最後までエレナは現れませんでした。今回会ったら堂々と対等に語り合えると思ったのですが……。以前は意識しすぎて目障りだったのに、余裕が芽生えた今は、フレンドリーに交流できる気がします。エレナはどうしているんだろう、とレミがインスタグラムをチェックすると、なんと1週間くらい更新されていませんでした。エレナがいない……毎分毎秒更新されるSNSの世界で1週間の停滞は行方不明とか消息不明を表します。そういえばこの前のパーティでも妙にやつれていたけれど……。ひとごとながら心配の気持ちがわきあがります。爬虫類の心だけでなく人間の優しさもまだ残っていたようでした。

11

家に帰ってから、レミがエレナのインスタグラムをさかのぼってチェックすると、今までは表面的なおしゃれ感とか、セレブ交友録とか、ブランド品の私物とか、多幸感あふれるハッシュタグばかりに目を取られていましたが、よく見たら全体的に虚無感が漂っていることに気が付きました。やせこけた体にまとったシルクのタンクトップ。いつも薄い服ばかり着ていて、実家のご両親が見たら心配しそうです。体をななめに傾けて、髪が顔にかかって表情が見えないのも、どこか不吉です。リビングのベンチには白いファーが、そしてベッドにも大きな白いファーがかけられていて、脂肪がなく骨張って痩せこけた体を毛皮で包み、暖を取っているエレナの姿が目に浮かびます。淋しそうです。最近の写真は、はね上げた太いアイラインが、急逝したアーティスト、エイミー・ワインハウスを連想させます。愛用しているのは、お財布すら入らないサイズ感のサンローランやバレンシアガのミニバッグ。生活感がまるでありません。お財布を持ち歩く必要がないのでしょうか。もしかして誰かパトロンがいるのでは……という疑念が浮かびます。夜景の見えるレストランで、ハイヒールを履いた足を窓に向かって投げ出し、まるで夜の東京に蹴りを入れているような写真が印象的です。

写真を見ながら、虚栄ではあってもゴージャスでおしゃれで生活感がなくて、レベルが高すぎる、と彼女のセンスを認めずにはいられませんでした。レミがちょっとパーティに出たりサンプルセールで買ったバッグや服を身に付けて撮影したくらいでは、太刀打ちできないものがあります。

それにしても、エレナはどこへ行ってしまったのでしょう。名前で検索しても、最近の動向がわかるニュースが出てこなくて、ちょっと前のまとめサイトで「エレナのおしゃれすぎるコーディネイト」と写真が集められたページがでてきたくらいでした。グーグルの関連ワードは「エレナ　インスタ」「エレナ　身長」「エレナ　メイク」「エレナ　職業」「エレナ　彼氏」など……。その中に「エレナ　嫌い」というものがあり、クリックしちゃいなよ、と自分の中で悪魔がささやきましたが、いっぽうでヌルランが、「波動を下げるようなことはやめよう」と言っているのが聞こえた気がして、レミは思いとどまりました。

その時、なんとなく心に入ってきたヌルランのメッセージ。「悪口がいっぱい書かれたサイトに行くと、波動が下がるだけでなく、自分の運気まで下がってしまうんだよ。例えば、『アンジェリーナ・ジョリーが激劣化』という書き込みがあったとして、傍観しているだけだと何も悪くないって思ってしまうよね。でもその悪口を心の中で読むことで、同調して自分が言ったことと同じになってしまうんだ。しかも宇宙には主語がないから『激劣化』という単語が自分のところに返ってきて潜在意識にインプットされてしまう」

ということは、自分が激劣化してしまう現実を引き寄せてしまうのでしょうか、なんて恐ろしい……。しかしたまに見たくなってしまうのがこの手のサイトで、いったん見だすと抜けられない中毒性があります。どうすればいいの？　とレミはまたヌルランに質問を投げかけました。

「波動が高い神社仏閣や聖者のサイトを見るとか、あとはセレブでも授賞式に出て感謝のスピーチをしている動画はポジティブなエネルギーを発しているよ。あ、もちろんイルカを写真検索してもいいね。幸せなエネルギーを吸収できるよ」と、またメッセージが降りてきました。反省して謙虚にお伺いを立てると、メッセージがちゃんと受け取れるようです。

言われた通り、イルカを検索すると、ブルーグリーンの海の中を泳ぐイルカや、水面から顔を出して笑っているようなイルカの写真がたくさん出てきて癒されました。中には嘔吐している最中の目が怖いイルカの写真もありましたが……。でも人間から見るとイルカの顔は年齢も美醜も格差がなくて、誰もがツルツルしていて幸せそうです。皆全裸だし。バンドウイルカとアマゾンカワイルカの違いのように種別による外見の差はあっても、目が二重とか鼻筋が通っているとかの違いはなく、イルカは皆、平等、皆かわいいです。人間の女性同士のように、お互いのしわや白髪など老化の兆しをチェックし合うなんて不毛なことにエネルギーを使わないのでしょう。それに今まで老け顔のイルカなんて見たことがないです。

「なんでイルカにはほうれい線がないの？」とヌルランに聞いてみてしばらく待つと、「それは感情に振り回されていないから。そして常に瞬間に生きているからだよ」という答えが感じ取れました。

人間は毎日悩んだり、怒ったり、妬んだり、苛立ったり、ネガティブな思いを抱いて生きている。それが知らぬ間に顔の筋肉を動かし、歪め、しわを定着させてしまうのです。何となく性格的な傾向として、人を馬鹿にして見下す人にはデコしわが、うぬぼれている人は鼻の横にしわが、性的に奔放な人には目の下にしわ、欲求不満や愚痴っぽい人にはほうれい線が深く刻まれる傾向にあるようです。ただ、ほうれい線については、人相学で責任感が強い人にも出る、とあったので、いちがいにはネガティブな要因ばかりではないかもしれません。小学生のうちから稼いでいる子役にはよくほうれい線が見られます。レミは鏡を出して、顔をチェックしました。デコしわが年々深まっている感が。あとはうっすらほうれい線も……。やはりほうれい線キャラでいくしかないのでしょうか。でも、ほうれい線がネガティブに捉えられているのはここ最近なようにも思います。前に土門拳の昭和の子どもの写真を見たら、子どもたちが笑顔でほうれい線全開でした。抜けた歯を見せて笑う子、おしくらまんじゅうをする子、皆熟女級の立派なほうれい線が刻まれていますが、それがむしろかわいく見えます。平成の世に、ほうれい線が魅力とされる価値観が生まれたらいいのに。ジョージ・クルーニーのデコしわは受け入れられているのに、何で……。レミは理不尽な思いにかられました。

するど、またヌルランのメッセージが。

「首から上で考えてばかりだから、顔にしわができるんだよ。意識がいつも顔にあるから」

どういうこと？

「デフォルトが顔意識になっている。意識を別の場所に置いてみて。お腹とか」

レミは、脳のあたりにあると感じていた意識をお腹に下ろしました。こうですか？

「そう。たまにお腹とか胸とか、顔以外のところに意識を移動させてみると、思考がすぐ顔に影響しなくなるよ」

たしかに、レミがお腹に意識を置いて、何かイヤなことを考えてみたら、お腹がピクッとしたけれど、顔は微動だにしませんでした。ヌルラン流アンチエイジング術をご教示ありがとうございます。

「でも、人間のようなヒューマノイド型の美男美女は、本当にすごいパワーがあるね。美しさで人を感動させ、陶酔させる。それはイルカの世界にはないものだから、うらやましいよ」

人間に美醜の差が生まれてしまうのは難点だけれど、でも美しい人を見て心が癒されたり感動できるポジティブな側面もある。全員が美男美女になれればいいのに……。次元上昇して、地球人の波動が高まれば、人類皆ルックスも向上するのでしょうか。宇宙人には老いも病気もないと聞きます。

それにしても今日はヌルランと長時間コンタクトできて嬉しいです。ヌルランにどうしてか聞いてみると、

「それは、エレナに対して優しさが芽生えたから。ハートのチャクラにたまっていた

へドロがちょっときれいになったみたい」という答えが。

チャクラにへドロがたまっていたとは、ショックです……。とにかく、これまで仮想敵みたいに思っていたエレナに対し、嫉妬の気持ちが薄らいで、心配とか尊敬の念が芽生えてきたことは確かです。それがいつまで続くのかはわかりません。ハートのチャクラを良い状態に保っていればヌルランとチャネリングできるみたいなので、できるだけこの状態を保ちたいです。そして行方不明になったエレナを見つけたい、必要なら何か助けになりたいです。

「僕もサポートするよ。イルカはお節介かもしれないけれど、人間を助けるのが大好きなんだ」

ヌルランは人間を助けるためにわざわざ遠い星からやってきてくれたのです。地球にいる実体のイルカも同じくホスピタリティあふれる生命体。レミがイルカについてネットで調べてみると、次々とイルカが人間を助けた事例が出てきました。船が転覆し、川に投げ出された親子をイルカが背中に乗せて岸へと連れて行った話。嵐の中、海に取り残された男性のところにイルカが寄ってきて背びれを差し出し、摑まらせて助けた話。サーフィン中、サメに襲われたところ3頭のイルカがやってきて追い払ってくれた話。イルカはなんでいつも人間を助けてくれるんでしょう。人間がバカだから？　危なくて見ていられないから？　それなのに愚かな人間たちは、イルカやクジラを不必要に殺したり、肉を食べたりしているのです。申し訳ないです。イルカは自分の身を犠牲にし、人間たちに何かを学ばせてくれているのでしょうか。レミは、小学校時代たまに給食に出てくるクジラ肉がどうしても食べられなかったことを思い出しました。まずいという以前に、魂が受け付けなかったのです。あの時から、ヌルランとつながっていたのでしょう。

　今日はたくさんお話ししてくれてありがとう、とレミは心の中で呼びかけました。ユーチューブで有名になろうとして、下心満載で適当な善行をしていたけれど、これからは心を入れ替える。人のためになることをしたい。とレミは宣言しました。でもそんなにすぐに100％善人にはなれないので、「できるだけ」と最後に付け加えることは忘れませんでした。

12

丸ビルや新丸ビルなどの商業施設を歩いていると、快適な温度と湿度で、きれいで洗練され、目に入るものすべてが素敵で、天国のように思えてきます。地下には食材もあるし、全く不自由しません。新丸ビルのソファーは座り心地も最高で、リビングセットみたいに置かれているので、知らない人と疑似家族のようです。適度な距離感を保ちつつ、レミはソファーに体を沈めました。満たされていて豊かな空間に浸っていたら、レミの心に余裕が生まれてきました。何か世の中に発信したくなってきました。

これまでブログでは霊的な世界には触れず、せいぜいハーブやフラワーエッセンスの話題止まりだったレミですが、そろそろイルカの守護霊がいることを公表してみることにしました。

そのエントリーがこちらです。

「タイトル　イルカＬＯＶＥ

子どものころからずっとイルカが大好きでした。ノートにイルカの落書きをしたり、水族館ではイルカの前に気付いたら1時間くらいいたり……。だから、ちょっと前にスピリチュアルカウンセリングを受けて、イルカの守護霊がいると教えてもらって、うれしかったです。イルカへのＬＯＶＥがわきでてきて、しばらくイルカの動画ばかり見てしまいました。

イルカの名前はヌルラン。チャネリングでカウンセリングしてくれた人によると、ゲイのイルカでおしゃれ好きなんだって。そういえば、服を買うときいつもアドバイスしてくれていた気がする。最近では、ヌルランとコンタクトできるようになって、たまに悩み相談に答えてもらったりしています。例えば今日は、『ついスイーツばかり食べちゃうんだけどどうすればいい?』って聞いてみたら、『呼吸をもっと深くした方がいいよ。砂糖依存症の改善のきっかけになるから』と答えが返ってきました。信憑性《しんぴょうせい》は? だけど、やってみます。ありがとう、ヌルラン!!」

女性はもともとこの手の話題が好きなのか、コメント欄には少なからず反応がありました。好意的なものでは「私もイルカ大好きです! これからもヌルランちゃんの話題楽しみにしてます」とか「私もヌルランに悩みを聞いてほしい!」とか、「イルカは波動が高くて、一緒に泳ぐだけで癒されます。ドルフィンウォッチングもぜひ」「残酷なイルカ漁は絶対反対です」「私もイルカの守護霊がついている気がします。たまに耳元でキュイーキュイーって聞こえますよ」とかイルカ好きの人たちが熱いメッセージを書いていました。中には「前世はイルカとか言ってたフカキョンの二番煎じ?」なんて悪意が感じられるものもありましたが……。しかし炎上もせず、おおむね平和なのは、高次元の力が働いているからでしょう。炎上しがちな芸能人は、守護霊フィルターが必要かもしれません。

レミは、暇な時に書き込んでくれた人の悩みをピックアップして、ヌルランに答えてもらう、というお悩み相談をブログではじめました。アフィリエイト広告が表示されているブログなので、アクセス数が増えると収入になる、という狙いもあります。生活を支えてくれるなんて、素晴らしい守護霊様です。

例えば、「好きな人ができません。ときめきがほしいです」という悩みに対しては、「もっと太陽の光を浴びた方がいいよ。セロトニンが分泌されて、ポジティブになって、人を好きになれるから」

「すぐ人の持っているものが羨ましくなってしまいます」という悩みには、「イルカは何も手でつかめない。何も所有してないけれど、海の中には何でもある。世界中の美しいものは皆でシェアすればいいんじゃない?」

「彼氏の飼い猫がなついてくれません」という相談には、「猫耳を付けてみたら、同じ猫だって思って、仲間意識で寄ってきてくれるかも」

「服をたくさん買って浪費してしまいます」という悩みには、「服を買い替えるのではなく、オーラの色をチェンジしてみたら、同じ服でも気分が変わるよ」とか、端的にすぐに答えてくれるのが高次元のクオリティ。

そのブログを見たのか、由香から会いたいと連絡がありました。彼女はなぜかやつれ気味です。

「どうしたの？　何か悩み事？　もしかして、大食いの彼とまた食べ物のことでケンカしたとか？」

「いや、それは大丈夫なんだけど。最近は近くに念願のナチュラルローソンがオープンして、惣菜が充実して機嫌いいよ」

「えっ、いいな〜。そういえば、前にスタバもできたって言ってたよね」

「そう。いい反面、できると毎月出費がかさむね。週に3回くらい行ってるから毎月6〜7000円使ってるかも」

「それで糖分を取りすぎているのかもね。疲れやすいのはそのせいかもってヌルランが言ってる」

「さらに今度は駅ビルにはらドーナッツもできたんだよね。もう誘惑多すぎて……」

と、由香はため息をつきました。

「ヌルランってブログに書いていた、レミの守護霊でしょ。さっき糖分取りすぎって教えてくれたけど、私の健康状態、詳しく見てくれないかな。最近気力がなくて」

「わかった、聞いてみる」と、レミはしばらく心を静かにして、ヌルランのメッセージが浮かんでくるのを待ちました。

「……念を使いすぎてるって」

「念？」

「スタバ、ナチュラルローソン、はらドーナッツと、好きなお店をどんどん自分の近所に引き寄せているでしょ。集合意識みたいなものが集まって、店を引き寄せる、という面もあるみたいなのね。目に見えない署名運動みたいに。その中でも由香の念は結構大きくて、影響があるらしいって」

「たしかに、この前の七夕のとき、短冊に『近所のローソンがナチュラルローソンになりますように』ってお願い事したわ」

「たぶん、食べるのが大好きな彼と付き合っていることで、由香も食の世界と回路がつながりやすくなったんだと思う。それで願望が叶いやすいんだけど、それと引き換えに自分のエネルギーも消耗しているって」

「にわかには信じ難いけど、言われてみるとなんかそんな気がする。じゃあこれ以上望まない方がいいってこと？」

と由香は驚きと納得が入り交じった表情でした。

「このへんで満足した方がいいかもね」

「私、知らないうちに影のデベロッパーみたいな……」

「やるじゃん。よかったらうちの近くにもコーヒーショップ引き寄せて。ドトールでいいから」

「エネルギー使う代償におごってもらうからね」

この世の中は実は目に見える世界よりも、念の世界の方がパワフルなエネルギーがうずまいているのかもしれません。またヌルランに教えられました。

それにしても、由香は結局彼氏と長い間うまくいっていて羨ましい、とレミはふと寂しさを感じました。自分にはヌルランがいるから大丈夫、と思っていたのですが、もしかしたら自分だけの守護霊ではない可能性が。同じくスピリチュアルの話題が好きな友人の伊藤さんが、メールに「私のところにもヌルランらしいイルカの霊が現れました。頭を撫でたらキューキュー鳴いて喜んでました！」と書いてきて、人の守護霊を勝手に気安く触るなんて……と思ったのですが、最初からレミだけの存在ではなかったのかもしれません。たまにツイッターをウォッチしているgodblessnamekoも、イルカの守護霊がいるとか書いています。よく考えたら、大天使ミカエルとか観音様とかラクシュミーがついている人なんて世界に何十万、何百万といるわけで、高次元の存在ほど一度にたくさんの人間を担当できるのだと推察します。

レミは以前、近未来の世界で何でも受け答えしてくれるスマホのOSに恋をする男性の映画を観たことがありました。Siriとの会話もそれに近いものがありますが、守護霊様も、OSみたいなものなのかもしれません。一人一人は個人的な関係だと思い込んでいるけれど、実はたくさんの人が同時にアクセスしていた、みたいな……。近くて遠いヌルラン。結局ひとりで生きていかなければならないのかな、と心細く思っていたある日、ひとりで行った定食屋である再会シーンがありました。

そのお店は、前に住んでいた街にありました。近くのエステを予約したので、久しぶりに入って早めの夜ごはんでも、と思ったのです。メニューをひとしきり眺めて、カツ丼はすごく魅力的だけれど揚げ物を食べたらこれからエステに行くのでプラスマイナス0になってしまう、ここは健康的にサバ塩焼き定食にしよう、とオーダー。料理が運ばれてくるまでスマホを眺めながら待っていたら、隣に4人の男女が座ったのが横目に見えました。視界の端でそのうちの1人を確認すると、5年くらい前にいい感じになった、ヘアメイクアーティストの風祭涼だったのです。付き合う直前くらいまでいって、すれ違いで音信が途絶えたけれど、しばらく引きずっていた、イケメンの人気ヘアメイク。彼が勤める渋谷の美容サロンは、スタッフ全員おしゃれ偏差値が高く、それぞれインスタグラムのフォロワーも多くて……と、またインスタグラマーへのルサンチマンがわき上がりかけました。とにかく、風祭さんは35歳くらいになっているはずですが、業界人だからかそんなに老化もせず、ヒゲを生やしていてむしろセクシーです。男女4人ということは、もしかして彼女、それとも妻？　と、レミは1秒くらい、彼の正面に座っている女性を観察。若い……。20代でしょうか。彼の友だちもいるというのに、その若い女子はノーメイクでグレーのスエット姿でした。そういうレミもエステに行く前なのでノーメイクでしたが、20代と30代のそれはだいぶ違います。レミは、クマがくっきりした自分のすっぴんを見られないよう、彼に気付かれないように体をナナメに向けながらも、耳はそちらへ向けていました。一緒に旅行した話などしているので、間違いありません。震える指で、そっと涼のインスタグラムをさかのぼってチェックしました。すると、結婚して1年くらい経つことがわかりました。そうか、この子が奥さんなのね。レミはトイレに立つ彼女の姿を鋭い目で見つめました。ノーメイクだけれどお化粧したら今風のおしゃれ美人であろうことが、目鼻立ちから感じ取れます。そして何よりスエットという。全身の抜け感に、愛されている自信が漂っていました。もしこれが、気合いを入れたフェミニンなファッションだったら、彼の前で背伸びしている、まだいい所だけ見せようとムリしているのかも、という印象を与えていたでしょう。それがノーメイクでスエットと来たら……もう素をさらけ出しても受け入れてもらえる関係なのでしょう。釣られた魚の余裕というか……。羨ましい。でも、彼は本当にそれでいいのでしょうか。ヘアメイクという仕事上、妻がノーメイクで出歩くのには内心不満なんじゃないの？　と、レミはつい邪な想像をしてしまいます。走馬灯のように、彼との短い思い出がかけめぐります。最初に会ったのは、雑誌の仕事でした。ブロガーがDSのゲームを体験するというタイアップのページで、撮影前にヘアメイクをしてくれたのが涼だったのです。彼はレミのアイラインを引く時、まぶたの際の粘膜を黒く染めながら「痛くない？」と優しく聞いてくれたのです。やはり男は鼻の穴の粘膜にこだわっている場合ではありません。目の粘膜に対し紳士的な風祭さんはさすがモテ系です。彼の美容院のサイトのプロフィールには「得意なイメージ　愛され・モテ」とありました。モテのプロです。

とにかく、レミは、その粘膜への接触の時に優しくされて官能的な気分になり、さらに撮影の時に「キレイですよ」とささやかれ、いつの間にか心が奪われたのでした。何回か食事をしたけれど、何もないまま自然消滅してしまいましたが……。その彼が、奥さん連れでいるところに遭遇してしまうとは。これも守護霊のメッセージなのでしょうか。しかし三十路のうすらぼけたノーメイク顔を見せるわけにはいかず、体をナナメにして食べたサバ定食は、胃の上部でつっかえて、その後しばらく胸焼け状態でした。若妻のほうは新陳代謝が良いからか平気で1000キロカロリーくらいあるカツ定食を頼んで食べていましたが……。

レミがヌルランに心の中で呼びかけると、ビーチのチェアでサングラスをかけ、優雅にドリンクを飲んでいるビジョンが見えました。担当している人間が悶々としているのに他人事のようです。

13

世の中のモラルが厳しくなっていっているのは、アセンションに近づいている兆し？　不倫したタレントやミュージシャン、国会議員を火炙りの刑に処しているかのような炎上が続いています。今まで知らなかった宮崎という議員がどこか羽生結弦に似ていて、その奥さんが荒川静香に似ているのに運命的なものを感じ、レミは心の中でなんとか関係を修復してほしいと願うのでした。2人が不幸になったら金メダルの輝きも曇ってしまいそうです。日本には国家的スポーツや国技関係でトラブルが起こると、そのあと災害が発生する法則があるように思います。

また、全くの他人事ながらベッキーの不倫に対するバッシングぶりも過剰な気がしています。たしかに清純派のイメージが裏切られ、記者会見前日の浮かれたＬＩＮＥも流出したりと、本人の失態はあったと思います。しかしほとんどすべての仕事を失い、損失額が10億円にものぼるというのは、ちょっと酷すぎます。ドラッグならまだしも……。レミがそんなことを思っていたら頭の中でヌルランの声がしました。

「でも、恋愛はドラッグと同じように脳の快感中枢を刺激するんだよ」

そうですか、やっぱり。恋愛はハマってしまうと恐ろしいです。ドラッグも怖いけど。

「清原のこと、誰も言えないよね。だって人は皆何かしら依存してるし。さっきからチョコレート1時間に1回は食べてるよね」

レミはハッとしました。チョコレートが大好きでいつも家には欠かせず、さきほどからオーガニックショップで買ったココナッツ味の板チョコを、1時間に2片くらいずつ食べるのが止まりません。

「白砂糖は、麻薬くらい依存症があるよ。あとは小麦粉。小麦粉にはくっつく性質がある」

小麦粉で作ったスイーツ、クッキーやマフィン、スコーンなどの魅力にも抗えません。レミは薄々、そのせいで冷え性が治らないし下半身がぶよぶよしてセルライトっぽくなっていることに気付いていました。でも、チョコや小麦粉系のスイーツはどうしてもやめられないのです。何度か挑戦したことがありました。3日くらい我慢したことも。でもその後には必ずリバウンドがくるのです。そして以前よりさらに食べまくってしまうのです。甘い快感をいったん知ったら、もう抜けられないです。魅惑的なお菓子が視界に入ったら買わずにはいられません。覚せい剤のように末端価格が高額じゃなくて助かりました。もっというとコーヒーショップのラテ系にも依存しています。甘い泡がふわっとのったラテが注がれたカップを片手に持つと、淋しさが埋められる気がします。

「スイーツや甘いラテは、ほんのつかの間心を満たしてくれるけど、その快感は長くは続かない。血糖値が急激に変動するから、かえって心が不安定になってしまうんだ」

どうやったらスイーツジャンキーをやめられるの？　教えて、ヌルラン。

「小麦粉のくっつく性質をいったんリセットするため、煎餅とか米のお菓子を食べてみたら」

お煎餅では、テンションが上がらないというか、やる気が出ません。

「それなら、水をたくさん飲むといいよ」

水？　こんなに寒いのに水なんて飲みたくない。それなら甘いスイーツの代わりに、別の快感を得られれば良いのかも。それこそ恋愛で満たされれば……。レミのまぶたの裏側に、風祭涼の顔がふっとよぎりました。

前よりも、思いやりの心が生まれていたレミは、その夜、ベッキーのことを思いながら眠りにつきました。もし自分がベッキーだったら、どうするだろう。ラジオ番組の最終回で「自分の番組が持てて嬉しかった」と、明るく話していたというベッキー。不憫です。もしかなうならば、彼女の苦しみを少し肩代わりしたい、そんな殊勝なことを思いながら入眠。

すると恐ろしい夢を見ました。レミは夢の中で、なぜかエレナのアカウントを使っていました。彼女のツイッターで血迷って「私のファンってカッペばっかり。生まれつきのダサさは治らないよね」などと暴言を書き込んでしまいます。当然、その後騒動になり、アカウントは大炎上。エレナに勝手に書き込んだことを責められまくり、ただただ泣きながら謝るレミ。世間に対し、自分がやったことだと会見し、謝罪する羽目に。精神的ダメージを受けたレミはその後、死を考えてふらふらと家を出ます。気付いたら、川の上にかかる赤い橋の上にいました。長い橋を歩いていたら、はるか下を通る車が見え、レミは発作的に飛び降り……たところで、イヤな汗をかいて目が覚めました。

「君子危うきに近寄らず、っていう言葉を知ってる？　人の罪を肩代わりすることなんて、よほどの聖人でもないとできないよ」

ヌルランにもたしなめられ、踏んだり蹴ったりです。頭の芯がしびれて鈍痛がします。ベッキーのところにきている負のオーラは、想像以上のパワーでした。今まで、恋人を略奪されたことのある人や、浮気されて泣いた人の積年の恨みが雪だるま式に膨れ上がってしまっています。レミにはどうすることもできません。ベッキーのことはベッキーの守護霊が助けるしかないです。

下手に感情移入したからか、レミにも不倫粘菌というと何ですが、恋愛欲が伝染してしまったようです。もやもやが抑えきれず、メールソフトを立ち上げて、風祭さんへメッセージを送ってしまいました。

「久しぶり。この前雑誌のクレジットで名前を見たけど、相変わらず活躍していて嬉しいです。私は最近まあまあヒマです。それではインフルエンザが流行っているようなので気をつけて」

返事を期待していなかった、といったらウソになりますが、3日後くらいに返信が

「久しぶりに食事でもしましょう」と社交辞令かもしれませんが、相変わらず女性に対して積極的な感じが伝わってきて、高揚しました。

「良かったらぜひお茶でも……」

とレミがメールを送ると、金曜日に会うことになりました。

約束の日までの間、風祭涼の名前で検索し、過去のインスタグラムを熟読。この前見かけたけれど、写真を見ても相変わらずおしゃれなイケメンです。切れ長の目の人は老けないのでしょうか。しかもたまにタレントや女優のインスタグラムで「今日はヘアメイクの涼さんにやってもらいました☆」とツーショットがアップされていて、美人まみれの日々のようです。そんな中、失望されないかレミは心配でした。毎日イオンのスチームを顔に当てたり、パックをして肌力をアップ。

しかしなぜか夢見は悪く、一軒家に死体がゴロゴロ転がっているところから命からがら逃げ出す夢とか、黒いナマコがたくさん出てきたり、不吉です。

浮わついていて不注意になっているのか、水をこぼす、お皿を割るなど、ミスが多発。意味がわからなかったのは、ある朝起きたらなぜかベッドがぐっしょり濡れていたことです。とくにもらしたというわけでもなさそうで、成分的にはおそらくただの水でした。しかも、レミがたまたま風祭涼のインスタグラムを見たら、「今日、水道の蛇口が水漏れで、水道業者の人に来てもらいました」と書かれていました。この水は、何を表しているのでしょうか。

次の日は次の日で、集中豪雨が発生。突然部屋が暗くなり、ザーッという音とともに、滝のような雨が降ってきました。急のことで驚いて、レミは東京アメダスをチェック。すると不思議なことに、レミの住んでいる区の、ごく小さい範囲だけ真っ赤に表示されていて、局地的な豪雨のようでした。これも何かの警告でしょうか。心の中でヌルランに尋ねても、返事が返ってきません。その代わりに、トラブルは頻発します。続いてウォシュレットまで壊れて、また水か……と思いながらも、ゾクッと悪寒がしました。

そしてスマホまでおかしくなり、メールフォルダを開けると高確率でフリーズするようになってしまいました。ちょうど風祭さんとメールのやり取りをするようになってからです。何かが全力でレミの芽生えかけた恋愛感情を止めようとしているようです。それはやはりヌルランなのでしょうか。それとも全守護霊が結束しているのでしょうか。

「ヌルラン、無言で妨害するなんて感じ悪いんじゃない?」と、呼びかけましたが返事は受信できませんでした。

さらに今度は悪夢だけでなく、金縛りに遭いました。寝ていたら体が痺れて動かなくなる症状に加えて、息苦しさにまで襲われました。なんとか息を吹き返そうとしたら、「グギ……ギギ……」と不気味な声が自分の喉から絞り出されたので、レミは自分に萎えました。こんなキモい声を出して恋愛どころではありません。そして、目を開けたら、空間に髪の長い女みたいなシルエットが見えました。その女の影は、黒い粒子となってじわじわと消えていきました。

「今の、女の霊だったよね」と、レミはヌルランに向かって、独り言のように語りかけました。生き霊だろうか、もしかしたら風祭さんの奥さん？　それか、実は相当遊んでいて例の議員みたいに、女が何人もいるのかもしれない。ライバルは結構多いと思うと、かえって闘志が出てきます。インスタグラムで拡大した風祭さんの写真の切れ長の瞳の目の縁は赤らんでいて、素人目にも好色の相が表れています。そして、そこはかとなくナルシストの気配が漂い、こういう人は、女性に追わせるだけ追わせて結局自分が一番好き、という質《たち》の悪いタイプです。きっと今まで泣かされた女性がたくさんいるのでしょう。女の念が彼の周りを、赤黒い霧となって取り巻いているようです。そしてその中に取り込まれつつあるレミも、風祭さんに執着の念を抱くようになってしまいました。恋愛感情は雲みたいなものです。水蒸気が集まって発生した雲が2人の間に漂っていて、その名の通りクラウドのように、お互い潜在意識下でアクセスします。その雲は、2人の思いが盛り上がっている時ほど大きく濃くなりますが、恋愛感情が消えたとたん、霧散してしまうのです。コーヒーの泡のようにはかないものですが、レミは久しぶりの恋愛感情で満たされ、その日はチョコレートに手を伸ばすことはありませんでした。

14

そうしているうちに、久しぶりに風祭さんとランチする日がやってきました。レミは白レースのスカートにワインレッドのニットというレディなファッションでキメて、イランイランの香水をうなじにすり込み、髪を巻いて、白髪が出てないか鏡で念入りにチェック。しかし出かけようとしたら、水が入ったままのコップに手がぶつかって倒してしまいました。「本当に行くの?」とヌルランの声が聞こえた気がしますが、無視して出かけます。心に一抹の不安を抱いたまま電車に乗り、しかし乗り換えで間違えて逆方向の丸ノ内線に乗ってしまったのも、ヌルランが引き止めているのかもしれません。

ヌルラン、心配してくれているのはありがたいです。でもイルカだって、結構アグレッシブというか、えげつないプレイをしてるって、検索したらでてきましたよ。1頭のメスに次々オスが襲いかかったりするんでしょう。それに比べたら、気になる人とちょっと会うくらい、何だって言うんでしょう。だいたい海の中で常に全裸ってどうなの……。何かのはずみで乱交状態になってしまいそう。

そう心の中で語りかけると、ヌルランは静かになってしまいました。地球上のイルカと高次元の宇宙イルカを一緒にしないでほしい、という無言の抗議の念を感じます。しかしそれどころではなく、緊張して駅の鏡で自分の顔をチェックし、アイラインが汚くなっているところを急いで消して、伊勢丹の地下のカフェへ向かいました。風祭さんがヘアメイク用品を仕入れたあと、同じフロアのカフェで会うことになったのです。

カフェに現れた風祭涼は、黒いシャツの前をボタン3つ分くらい開けていて、遠目から見てもナルシスト感が漂っていました。
「風祭さん!」と呼びかけた時、自分でもびっくりするような高い声が出ました。風祭さんはなぜかガーリーな猫のキーホルダーを付けていて、思わず「それ、かわいいですね」とレミが言うと「あ、これ？　ファンの子にもらったんだ」と風祭さん。ファンとか言って自意識過剰ですが、イケメンだし、やっぱりモテるんだ……と、レミは心の奥がかすかにうずきました。ナルシストの男性は、自分で自分を盛るのがうまく、さりげなくモテ武勇伝を語ってきたりして、気を抜くとその話に洗脳されてしまいます。

彼の話もそんな感じで、どこぞの社長にかわいがられているとか、クラブで気付いたらハーレム状態になっていたとか、外国人のスタイリストに才能を認められたとか、そんな話を一方的に聞かされ、心の半分では何この自慢男、と思いながらも、もう半分では、すごい人なのかも……と惚れさせられそうです。

しかし気になったのが、風祭さんのスマホをちらっと見たとき。風祭さんは自分の最近の仕事を見せてくれようとして、スマホで雑誌名を検索しようとしたのですが、「ア」と入れたらなんと予測変換候補の一番前に「アナル」と出たのがチラッと見えました。

えっアナル？　と一瞬目を疑いました。『アナと雪の女王』の間違いじゃなくて？　レミは見てはいけないものを見てしまったようでドキドキしました。いろいろな意味でヤバい男性かも。

「レミちゃんも元気そうだね」

「……あ、ええ、はい」

動揺し、挙動不審になってしまいました。かつて風祭さんとはタメ口で話していたのか、敬語だったのか、定かではなくつい改まった口調になってしまいます。

「最近何やってるの?」

「ブログとか、たまにネットの企業の広告の仕事をしたり、あとは動画に出たり……」

動画とうっかり言ってしまいましたが、染谷との動画を見ていないことを祈ります。幸いなことに風祭さんはレミの仕事内容にはあまり興味がないようでした。

「動画っていえば、ビヨンセの新曲のPV観た? ヤバいよね。鳥肌立ったもん」

「あぁ、ビヨンセ。ちょっと観ました」

「あんなスターになっても差別への社会的メッセージを発信するなんてすげえよな」

「スーパーボウルのハーフタイムショーでもパフォーマンスしてましたよね」

「金色でXマークの衣装が良かったな」

「ああ、あれ、イルミナティの悪魔のサインですから」

「え？」

「ビヨンセはイルミナティ。歌詞の中で『イルミナティの馬鹿げた噂』とか言ってましたよね。あれは中の人だから言えることだと思う。ジェイ・Z《ズィー》もちろん入ってるし、二人ともたまに手でピラミッドみたいなサインしてますよね」

「はぁ……」

さらに陰謀トークを続けようとしたら、

「ごめん、ちょっと地下で買い忘れたアイテムを思い出したから」と風祭さんに中断され、やってしまったと気付いたレミ。

レミを陰謀論好きに洗脳した元カレを恨みます。

「でも、日本人の歌手もイルミナティのマークのシャツとか時計付けていたし、ファッション的にも注目です」

と、追いすがるように、強引におしゃれカルチャーに結びつけようとしたのですが、風祭さんは冷めきった目で、

「じゃあ、また」と行ってしまいました。

頭上でヌルランが笑っているのを感じます。深みにはまらなくて良かったね、と。

まさか陰謀論が貞操帯代わりになるとは……。

それでも、恋愛感情がすぐに消えることはなく、レミはひとり悶々としていました。その夜、夢の中に風祭さんが出てきました。2人は車の中でいい感じで、レミは風祭さんに「ずっと前から好きでした」と告白。風祭さんは「かわいいね」とレミにささやき、そのまま2人は車の中で性行為に至りました。現実では考えられないスピーディな展開です。しかも、ろくに前戯もなく、彼の自己満足的で性急な行為でした。結構痛かったです。朝起きたら、ぐったりしていて、本当にそのような行為をしたあとのようでした。

思い返せば、レミは過去にも気になった人と夢の中で最後まで……という展開があり、夢の中で肉体関係を試せる特技の持ち主のようです。平安時代の人は、恋する相手が夢に出てくることを重視していましたが、夢の中で性行為をしていたのかもしれません。

夢の中で既婚者とセックスしても罪にはならないですよね？　とレミがヌルランに語りかけると、「法的には問題ないし世の中的にはバレないけれど、心の中で邪心を抱いていることには変わらないから、カルマは積んでしまったかもしれない。でも、実際にしちゃうよりは全然軽いよ」というテレパシーが来ました。

しかし夢の中で風祭さんのエゴイスティックな行為を体感し、彼の本性を知ってしまい、今まで膨らんでいた恋愛感情が急速に萎《しぼ》んでいくのを感じました。2人の間にあったもやもやした雲のようなものは、雨となって地上に吸い込まれて、消えてしまったようです。それにあの予測変換候補から推測すると、彼は男女どっちもOKなタイプなのかもしれません。勝手な妄想ですが。そんな自由すぎる人と交際したら常に気が休まらず、ジェラシーに苛まれる日々になりそうです。レミの手に負える相手ではありませんでした。

それにしても、ベッキーもあまり姿を見なくなってしまいましたが、エレナも姿を消してしまったままです。彼女はどこへ行ってしまったのでしょう？　MCをやる予定の番組もその後始まった話を聞きません。インスタグラムもブログも1ヶ月以上更新が止まっています。ネットの世界では、1ヶ月以上更新が止まるとほとんど死んでしまったようなもの。もしかして、まさか本当に死んでしまったのではないですよね？　気になって名前で検索すると、そのうちの1つに「エレナ　枕営業」という、ゲスな関連検索候補が出てきました。良心的に迷ったのですが、（心配だし）と正当な理由を付けてクリックしました。すると、エレナがここまでブレイクできたのは、有名なプロデューサーやファッションブランドの会社社長と枕営業してきたからだ、というダークな噂がまことしやかに書き込まれていました。

こんなサイトを見て、また波動が下がってしまった……。ヌルランに嫌われてしまいます。悪口のサイトを見ているときは実際ヌルランはどこかへ行ってしまうようです。レミは反省し、何かスピリチュアルなものに触れたくて、かつて由香と行った占いイベントのチラシの束を取り出しました。

「ハイブリット催眠術は催眠誘導率100％！」

「あなたはどれくらい自分のことが好きですか？　インナーチャイルドのセラピーを受けてみましょう」

「犬神使いの末裔《まつえい》が結界を作る方法を伝授します」

「3分で1個心のブロックを解除」

「クレアボヤンス（霊視）、クレアオーディエンス（霊聴）、クレアセンティエンス（霊覚）を持つ精鋭ミディアムが来日！」

など、魅惑的なスピリチュアルな世界の扉が開いているようです。その中でレミの気を惹いたのは、

「死後探索ワークショップ」というチラシ。海外から来日したモーエン氏という男性のセミナーでは、死後の世界を探索したり、成仏できずにさまよっている人を救済できるらしいです。

まさかとは思うけれど、万一エレナが死んでいたら……。予測変換候補の1つには「ドラッグ」って出ていたし、オーバードーズとかで逝ってしまったという可能性もゼロではありません。レミの中でどんどん悪い妄想が膨らんでゆきました。最後にパーティで見かけた時も、目にクマがあって、思えば死相が出ていたのかも。ずっと仮想敵、ライバルだと思っていたけれど、死んでしまったとしたら張り合いがなく、最後に友情が生まれかけた瞬間もあったので、このまま見過ごしておくわけにはいきません。レミは、もしエレナの魂がさまよっていたら救済したいと思い、死後探索のサイトにアクセスし、申し込みフォームをクリックしました。

15

その次の日は、知人の出版パーティがあり、レミは顔を出してみることにしました。ファッション系のパーティよりもディープな、あやしげな業界人が集まっていて様々な念が飛び交う会場。知人の渡辺氏は音楽プロデューサーでもあり、有名なイベントにも多数関わっているそうです。彼の隣にいるのは明らかに妻ではない、気怠げな文化系女子。マギー・ギレンホールを若くした感じです。唐揚げを食べて「これ、超うまいっす」と若者っぽいトーンでコメントしていますが、顔をよく見るとレミと同年代らしい30代の質感。20代のころはさぞ、この界隈でモテたであろう小悪魔の残り香が漂い、一部の年上の男性にはまだ充分効き目があるようです。渡辺氏は嬉しそうに、「彼女は絵を描いてるんだよ」と周りに紹介していましたが、レミにはその女性が自分と同じくらいの中途半端な立ち位置であるようにしか思えませんでした。同種同士察せられるものがあります。というか「同類だよ」と教えてくれた心の声はヌルランの言葉だったのかもしれません。その女子は「私、影響されたくないから、他の人の作品とかあんまり見ないようにしてるんです〜」と、独創性をアピールし、「さすが自分の世界観を大切にしているんだね」とホメられて満足そうでした。有名なイラストレーターと20代の頃よく遊んでいた話なども聞こえてきました。レミの視線に気付いたのか、ふと顔を上げた彼女が軽く睨んできたのは、同属嫌悪的な牽制でしょうか。私の縄張りには近づかないで、と言っているようでした。

この手のパーティに行くと、ちやほやされたいという女性の欲と、たらしこみたいという男性の欲が、低い次元で合致し、絡み合っているさまが見て取れます。「こんな3次元の煩悩まみれの業界、嫌気が差してきた……」とレミは思いました。

それにしても、なんで渡辺さんはあんな中途半端な女子と結びついたんだろう、とぼんやり考えていると「渡辺さんも自分に自信がないからじゃない」とヌルランの声がしました。そうか、精神的にも立場的にも常に自分が上位でいたいからですね。本当に輝いて活躍している女性にはプライド的に行きたくないのでしょう。勝手に納得していたら、今度は渡辺さんが新たなターゲットを見つけた、と言いたげなギラついた目でこちらを見ているのに気付き、その場を離れました。

性欲に走れない男子は食に走ります。ビュッフェスタイルのパーティでしたが、100人以上が食べ物コーナーに殺到し、前が詰まって進みません。渋滞の一因は、数人の男性が空っぽのプレートを取り囲んだまま動かないことでした。ポテトを盛ったレミが「どうしたんですか?」と聞くと、ロン毛のワイルドな男性が「肉を待っているんです」と答えました。(肉が食べたくてしかたないことを包み隠さないなんて、無邪気な男子。若いっていいわね) とレミはほほえみました。しかしそのうちの1人の男性は、苛立ちをつのらせ半ギレ状態で、店員が来ると「肉、まだですか?」「肉はどのくらいで来るの?」と、殺気立った口調で問いつめていて、笑い事ではすまされない空気でした。彼は、人々の欲がうずまくパーティ空間で、刺激されて欲望のスイッチが入ってしまったのでしょうか。ギョロっとした目で皿を持った手を小刻みに揺らしていました。

人間は煩悩からは逃れられないのかもしれません。消費社会への警告を発しているウルグアイの前大統領、ムヒカ氏は、物欲がなく清貧で人徳者だと誉れ高いです。レミは来日時、ニュース番組で彼が浅草の仲見世を観光している映像を見ました。スタッフが「お土産の扇子はいかがですか?」と話しかけると、首を振って不機嫌になってしまったムヒカ氏。消費社会に対して常にNOという姿勢を崩しません。しかし別の番組では、築地で美味しそうに寿司を食べていました。もしかしたら物欲のかわりに食欲は旺盛な人なのでしょうか。ウルグアイにはおいしい牛と羊がいっぱいいる、と言っていたし、体型もそれを物語っています。

「これで食欲もなければ聖人になれたのにね。残念。でもアグレッシブな政治活動にはタンパク源が必要なんでしょう」と、ヌルラン談。

時間がたつごとにパーティの喧噪は増してゆき、「テレビ局の人はいないの?」「あの監督、奥さん付きだから近づけない」「この名刺、使えないよね」えげつない野心を露《あらわ》にした女たちの会話も聞こえてきました。

男たちを刺激するかのように、露出度の高いファッションの女性がうろうろしています。まだ肌寒いのにベアトップで肩を出したり、ミニスカで生脚だったり。レミはこの日は地味なネイビーのワンピースだったので、気後れしてきました。ファッション関係のパーティならもっと気合いを入れたけれど、今日は油断していた。と、ため息をつくと、隣に知らない男性が立っていました。よく見たら先ほど肉待ちしていた男性です。無事肉にありつけたのか、さっきよりリラックスした表情でした。

「僕は以前渡辺さんにもお世話になった脚本家の小早川です」と、自己紹介され、レミも「私は以前、渡辺さんの企画のイベントでちょっとだけゲストで出たことがあるブロガーのレミです。もう渡辺さんには忘れられていると思いますが……」と答えました。脚本家の小早川氏は、酔いが回っているのか目が赤く、肌を出した女性たちに鋭い視線を向けていました。

「あさましいですよね……」

「え?」

「パーティであやって肌を出して仕事をもらおうとする、その根性があさましいんです」

「まあ、でもそれで仕事をあげる男性もどうかと思いますが……」

「そうなんです、男はバカなんです。それにしてもあさましい、というか痛いです。とくにあの肩を出している女性」

「はあ」

目の前に真っ赤なオフショルダーのカットソーを着た女性がいて、業界人男性に名刺を渡していました。その姿を、苦々しげに眺める小早川氏。

「脚本家の世界でもよくありますよ。テロップを見ていると『共同脚本』とかいって女性数名の名前がクレジットされてる。検索してみると、わりと若くてきれいな女性だったりして、ああ、これは転がしたんだな、って」

「共同脚本の意味がわからないのですが、少しずつ何人かで書き足していくんですか?」

「親分の男性が考えたストーリーをもとにリライトしているんじゃないですか。こんど、ドラマのクレジット、よくチェックしてみてくださいよ。誰がオヤジを転がしてるかわかるから」

「見てみます……」

男性は赤黒い目で、女性の肩を見つめていました。憎悪とも情欲とも取れる鈍い光がその目に宿っていました。

(彼もまた、競争社会の敗者なのかもしれないね)と、ヌルランの声がしました。

そういえば、エレナはパーティでいつも露出度が高かった、とレミは思い出しました。パーティだけでなく、インスタグラムの写真もいつも美しい生脚を見せつけている。薄いキャミソール1枚だけまとった写真には、どこか寒々しいものがありましたが、男性にとっては目の保養なのでしょうか。やはりあの噂は信憑性あるのかもしれない、と例の枕営業疑惑がよぎります。その後、更新が途絶えたのは何を意味しているのでしょう。インスタグラムを立ち上げて、エレナの最後に更新した写真を見ると黒目の部分が漆黒な闇のようで不吉で、もうこの世の人ではない気さえしてきます。レミは死後探索ワークショップで真相を確かめなければという思いを新たにしました。

死後探索ワークショップは、五反田の区民ホールの会議室で行われました。会場に入ると、前のテーブルには穏やかな白人男性が座っていて、彼がモーエン氏なのでしょう。半眼でゆったりと座り、既に霊界と交信をはじめているようです。参加者は、男女が20人ほど。見た目が普通の会社員っぽい人々が、実は死後の世界に強い興味を抱いているのに意外性を感じます。モード系なレミも浮いていましたが……。

モーエン氏は元エンジニアで、アメリカのモンロー研究所というところで、特殊な周波数を聴くことで死後の世界に行く技術を体得。その後自力でも死後探索する方法を編み出しました。誘導瞑想で異次元にトリップできるというものです。

「最初のうちは、想像を呼び水として使ってください。自分でそう思い込むことが大切です。そして誘導によってどんどん深い世界に入っていきます」と、モーエン氏。「イマジネーションを駆使し、ファンタジーを知覚してください。最初は作り話かもしれないと思っても、実は思いもよらない情報がまじってきます」

死後探索の真の目的は、「リトリーバル」といって、この世とあの世の中間でさまよう魂を救済することだそうです。それは、体外離脱で有名なモンロー研究所の用語で「フォーカス23」と呼ばれるレベルです。「フォーカスト23」に囚われている魂を、次に生まれ変われるための階層「フォーカス27」まで連れて行くのが我々の使命、なんて聞くと、選ばれた勇士みたいで高揚します。半分寝たままでヒーロー体験。慣れている人にとってはピクニックのような感覚らしくて「フォーカス27」に行きたい。「あそこのフードコートにはビール飲み放題があるよね」なんてリピーターらしき女性の声が聞こえてきます。もちろん霊界《レイ》なので0円でしょう。霊界のあらゆるレベルを自由に行き来できるようになりたいものだとレミは思いました。フォーカス27にはこの世とほとんど変わらない感じで、もちろんパソコンやスマホも使われているそうです。スティーブ・ジョブズの霊がバリバリ仕事して新商品を開発しているのでしょうか。レミとしては死後もブログを更新しなければならないかも、と思うとぞっとします。死んでからも、アクセス数とかで競争し合わないとならないのでしょうか？　霊が何人見にきてもカウンターは0だったり……。上の次元になると、ライバル意識などなくなって、「愛」「感謝」などがテーマのピースフルな内容ばかり綴るようになるのかもしれません。それはそれでつまらない気もしますが……。

瞑想は、まず、ゆったりした呼吸とともにリラックスして、ヘルパーと呼ばれる守護霊的な存在とつながることからはじめます。リトリーバルの時に、不成仏の霊を託すための、高次元の存在です。レミにとってガイドといえば、ヌルランになるのでしょうか。瞑想でリラックスしてつながりやすくなったのか「待ってました」と、嬉しそうなヌルランが一瞬見えました。

「想像力が知覚に形を与えるままにさせてください……」と、モーエン氏。

レミは目を閉じて深く呼吸し、イルカの姿を思い浮かべました。不慣れだからか、イルカの体が部分的にしか見えませんが、近くにヌルランの存在を感じます。温かいオーラに包まれているようです。

「ヘルパーを想像してみてください。天使や動物の姿、時には物体や非物質の姿を取ることもあります。ヘルパーの姿は見えましたか？　もし会えたら、リトリーバルが必要な人のところに連れていってください、とお願いしてみてください」

その時、レミの脳内に現れてきたのは、緑の髪の毛だと思ったら藻で、全身藻が絡まったような女性の姿です。どうやら、沼なのか池なのか、ボートから落ちて溺れてしまったみたいです。

「荷物がなくなってしまった。沼の底にあるのかもしれない」と、さまよっていました。

大丈夫じゃないけど、レミはとりあえずその女性に「もう、大丈夫ですよ」と語りかけ、ヘルパーのヌルランに託しました。ヌルランも、女性を導くため「あちらの方に落とし物センターがありますよ」などと言って、女性を連れ出しました。そのあと場面転換してグリッドの平坦な世界が見えたのですが、彼らはCGのような地平線を高速で去ってゆき、無事に成仏できたようです。

その後、気怠い脱力感とともにこの世に戻ってきて、参加者同士体験をシェアしました。金髪で巨乳の美女のヘルパーと一緒に、フォンテーヌブローの戦いで討ち死にした騎士を救済した、と映画のような体験を語る男性や、1960年代にニューハンプシャー州のバス停で待っている時に車にひかれた女性をリトリーバルした、とやたら細部まで見えている女性の話などを聞くと、レミはまだまだ初心者だと自覚せずにはいられませんでした。休憩の時、リトリーバルの脱力感でふらふらと車道に出たら、トラックが猛スピードで走ってきて恐怖に身がすくみました。でもここで死ねば、すぐ参加者にリトリーバルしてもらえて安心かもしれないと、レミは思いました。一瞬、意識が飛んだ気がします。暗転し、しばらくして気付いたらいつの間にかセミナー会場に戻っていました。

16

気温や湿度が一定で車の音も聞こえない、外界と遮断されたセミナールームには、モーエン氏の眠気を誘うナビゲーションと相まって、現世でも幽界でもない次元の気配が漂っています。半眼状態になっていると、ふとした時に意識が飛んで、向こうの世界に行ってしまいそうです。ランチでハンバーガーを食べたせいもあって、睡魔の波がきています。しかしこのセミナーでは意識が飛ぶことを居眠りではなく「クリックアウト」と呼んでいて、瞑想に深く入っている現象だと捉えられています。クリックアウト、ちょっとかっこいい響きで打ち合わせで居眠りした時にも使えそうです。

それにしても、人は死んだらどこに行くのでしょう。ネイティブアメリカンの「死は存在しない。ただ暮らす世界が変わるだけだ」という言葉がレミの頭をよぎりましたが、具体的にはどんな世界なのかわかりません。レミはまだ初心者なので、今回のセッションでも、これが霊界だという具体的なビジョンが見えてきてないのです。あの世とはどういう所なのでしょう？　よくありがちな、花畑みたいなイメージ？　最近、さとり世代の若者が花畑に行って撮った写真をＳＮＳにアップするのが流行っていると聞いたことがあります。このところの花畑ブームに、レミはつねづね不吉なものを感じていました。

「花畑に行きたがるのは霊界回帰、というかそろそろ人類が滅亡して、皆一斉に花畑の世界に戻ることを表しているのでは……」と。雅之にそのことについて数日前にメールしたら「ごめん。今、五輪エンブレムの市松模様の隠された意味について調べるのに忙しくて」と、おざなりな返事でした。相変わらずブレない男です。

セミナーの方に意識を戻すと、次のセッションは、それぞれ死後の世界で会いたい人に会いに行く、という流れになっていました。流れは前半と同じで、椅子に座って目を閉じ、リラックスして誘導瞑想に従い、イマジネーションを使って霊界の扉を開きます。ヘルパーのスピリットに付き添ってもらい、適宜サポートを受けます。レミは目を閉じ、ぼんやりとイルカの姿をイメージしました。最初に見えてきたのは、口。

いつも笑っているようなイルカの口です。そして瞳が見えました。このところよく姿が見えるようになって嬉しいです。引き続き霊界探索よろしくおねがいします、と心の中で語りかけました。

「それでは、あなたが会いたい人の名前を伝え、その人のところに連れていってくださ い、と念じましょう。もし、その人が居心地の良くない場所にいて、リトリーバルが必要そうでしたら、ヘルパーにフォーカス27に連れて行ってもらいましょう」

レミが心の中で念じたのは、エレナの名前でした。ずっと更新も途絶えていて、もしかしたらもうこの世の人ではない疑惑があるエレナ。勝手な推測なのかもしれませんが、もし暗い世界にハマっているのなら、救出してあげたいと思いました。

「エレナさ〜ん、エレナさんはいますか〜」

レミの前にぼんやり広がっているのは、また、平面的なグリッドの世界。映画『マトリックス』に出てきそうな、地平線の消失点に向かって、グリーンのグリッドが地面と空の2面にタテヨコに引かれています。地面と空は薄いグレーでした。ここは霊界なのでしょうか？ そんな疑問が浮かんだら、ヌルランが、

「霊界と現世の間の世界だよ。チベット密教でいうバルド（中有）だね」と、答えてくれました。バルドの世界は見た感じおしゃれです。デンマークの雑貨みたいな色合

い。もしエレナが死んでいるなら、こういうクールなインスタ映えしそうな世界でとどまっていてもおかしくありません。

「エレナさーん。いたら返事してくださ〜い」

そういえばレミはエレナの名字を知りませんでした。ここでは名字と名前フルネームで言わないと伝わらなさそうです。レミは現実世界に半分意識を戻し、薄目を開けて「エレナ　名字」で検索し、「吉田」と出てきたのを確認。

そして「吉田エレナさ〜ん」と呼びかけました。よく目を凝らすと、周りにはグレーの粒子が集まってできたような人影がうごめいています。彼らは霊体なのでしょうか。その中にエレナがいるのかもしれないと、レミは何度か呼びかけてみましたが、反応はありません。もうバルドから移動してしまったのでしょうか。

（たしか死後49日くらいまではこの中間にいるんだけど、もしかしたらギリギリ移動してしまったのかも）

エレナの行き先はどこなのでしょう。天国……に行くにしては物欲が強すぎるかもしれません。インスタグラムにアップされていた数々のハイブランドのバッグや靴がしのばれます。となると地獄でしょうか？　レミは以前、地獄に行った人の話を間接的に聞いたことがありました。その男性は死ぬほど受験勉強していたら栄養失調になり、仮死状態になってしまいました。気付いたら彼は地獄らしき世界にいたそうです。そこは、真っ暗でダークな波動に満ちていました。目が慣れてくると、化け物が跋扈《ばっこ》していることに気付きました。そして地獄の住人同士殴り合い、暴力がはびこっていました。（絶望しかない……）と、その男性は感じたそうです。それでも地獄時間で何日間か経過すると、地獄に住み慣れてきて、居心地も悪くないと思うようになりました。せっかく慣れてきたところで扉が開き、光の世界に連れて行かれて生き返ったそうです。現実世界では数時間しか経っていなかったとのこと。どんな場所でも住めば都……なのでしょうか。天国みたいに光にあふれてピースフルな場所よりも、化け物だらけの世界の方が見応えがあってスリリングでおもしろいとも言えます。

それならば、エレナが地獄に慣れてしまう前に連れ戻したいところです。真っ暗で殺気立っていて砂埃が舞い上がり、すごい混雑していて何も買えないで飢えていく、肉フェス会場みたいな地獄から、彼女を早く救出しなければ。でも地獄にはどうやって行ったら良いのかわかりません。地獄地獄……ヌルランに心の中で呼びかけても、高次元のスピリットなので管轄外のようでした。

レミはしばらく悩みましたが、自分の波動を落とせば良いと気付きました。今までやった悪いことや黒歴史を思い出してみます。ユーチューバー染谷に変な動画を撮られたこと。エレナに嫉妬して、ディスったこと。陰謀論に染まって、毎日ダークなサイトばかりチェックしていたこと。英国王室は血も涙もないレプティリアンだと決めつけていたこと。不倫しそうになったこと。レミは自嘲的で暗い気持ちになってきました。すると、その波動に呼応するように、いつの間にか別の世界にワープしていました。

次の世界は少しだけ色が付いて、うっすらとレインボーのような背景色でした。地獄ではなさそうですが……。目をこらすと、どうやら人間の世界ではなく、そこらじゅうピョンピョンはねたり、走り回る動物的な気配を感じました。グレーがかっているシルエットから推察すると、犬や猫、ウサギなどの動物のようです。自分の波動を下げたら、どうしたわけか動物の霊界に来てしまいました。虹色がかった世界なのは、よく動物霊は死んだら「虹の橋」に行くという言い伝えを彷彿とさせます。

ともかく来てしまったからにはエレナを探さなければ。「エレナさ〜ん、ここにいますか?」「吉田エレナさ〜ん……」と脳内で呼びかけながら歩き回っていると、足元に小さい存在が近づいてきました。ふわっとした温かい毛玉のような。三角の耳が生えている……サイズ感的にも猫のようです。「吉田エレナさん?」そう問いかけると、猫らしき霊体は足元にまとわりついてきました。霊だけど全然怖くなくてかわいいです。しかしこの猫は本当にエレナなのでしょうか。人を犬か猫かに分類するとしたら、たしかに彼女は猫っぽい、魔性系です。ということはそもそも猫の魂が人間の体に入っていたとか？　だからあんなに気まぐれで、コケティッシュだったのかも。この空前の猫ブームの中、エレナの人気が高まっていったのも納得です。「エレナ？」と、呼びかけると猫が「ニャッ」と答えたような気がしたので、ともかくこの中間地点にとどまっている猫をリトリーバルしなければと思いました。

「ヌルラン、お願い。このエレナかもしれない猫を上の世界に連れていってあげて」

そう念じると、ヌルランが出現、猫が興奮して駆け寄ってきて（食欲がそそられたのかもしれませんが）、2人は一緒に飛翔してゆきました。レミは見えなくなるまで2人の姿を見送り、心地よい疲労感とともに、セミナールームに戻ってきました。ちょうど誘導瞑想も終わったところで、現実の時間にすれば数十分……。でもレミにとっては半日くらいの体感でした。座ったままで人助けができたことで、満足感に浸ったレミ。そのあとセミナーは、それぞれの体験を報告しあうシェアタイムとなりました。亡くなった祖母が海のそばの日本家屋で和服でたたずんでいたとか、山のふもとで亡き母がガーデニングをしてバラを育てていた、とか報告をしあい、感涙にむせぶ人も。でも、レミは知人の女性が猫に変身して虹の橋にいたなんて説明しにくいので、自分の体験は心にしまい、人の体験談を聞くだけにしました。

17

レミはセミナーが終わってからもしばらく家でひとり瞑想し、霊界へのアクセスを試みました。イメージの中の霊界は、荒涼とした氷原だったり、霧がかった森だったりしました。たまたまその頃観た映画『レヴェナント・蘇えりし者』に影響を受けていたのかもしれませんが。目を閉じ、厳粛な気持ちでレミは霊界を散歩しました。横浜の外国人墓地を散歩しているようなメランコリックでアンニュイな気持ちになりました。

人影を見つけると、そこに意識を集中し、助けが必要だったらヌルランを呼んで、上の世界に導きました。

例えば、ある時は、ヨーロッパの片田舎に行き倒れている修道女がいて、「どうしたんですか？　大丈夫ですか？」と声をかけると、その老女は修道院でいじわるな同僚にいじめられた恨みなどを切々と訴えてきました。「デボラがいつも犬をけしかけてくるのよ。おかげで衣の裾をいつも引きちぎられたのよ」「食事の時、私だけいつもパンにバターがついていなかったんだから。陰険よね」とか。「気持ちはわかります。私もいじわるな女性に無視されたりしましたから」そう言うと、修道女は共感と安堵の表情を浮かべました。「辛かったですね。でも地上はどこもみんな同じですよ。安らかな世界でゆっくり休んでくださいね」と、優しく語りかけながら、レミは、いつの時代もこの世に平安はない、と思えてなりませんでした。

ニューヨークのキャリアウーマンらしき女性をリトリーバルしたこともあります。彼女は携帯でウォール街の金融会社に電話をかけながら、つながらないと焦っていました。「市場が閉まる前になんとかしないと300万ドルが溶けてしまう。そうしたらいよいよクビだわ！」と、憔悴し、歩き回っていました。もしかしたら携帯でよそ見して事故にでも遭ってしまったのかもしれません。ニューヨークのキャリアウーマンなんて、世界最先端で誰もが憧れる立場ですが、実際は心休まる暇もないのでしょう。「あちらの方に、24時間空いている大きな銀行があるから行きましょう」と呼びかけ、昇天してもらいました。

ある夜は、ヌルランに頼んで、亡くなった祖父母に会いに行こうと試みました。父方の、新潟に住んでいてなかなか会いに行けなかったおじいちゃん、おばあちゃん。

写真の中の優しい笑顔を思い浮かべながら、二人にアプローチ。「私はひとり東京でがんばっているよ。おじいちゃん、おばあちゃんはそちらで快適な生活をしていますか？」と聞いてみると、心がほわっと温かくなりました。

イメージの中の祖父母は、ちょっと若返って60歳前後に見えました。2人は仲良く、峠の茶屋みたいな一軒家に住んでいました。縁側に腰かけて、絵に描いたような冥福です。

「ここからいつもレミのこと応援してるよ」

「ありがとう。ということは見えているの？」

「波長を合わせると、空中にビジョンが浮かんでくるのよ。お彼岸とお盆の時はチャンネルが合いやすくなるわね」と、祖母。祖父は生前と同じく無口でニコニコ笑っています。

プラズマや4Kを超えたエア画面。ということは、いつでも見られているのでしょうか？ トイレやお風呂の時も？

「大丈夫よ。プライバシーは見えないようになっているから」

そう聞いて安心しましたが、しかし霊界にモニターがあるというのは気になります。SNSとかブログを霊界でも更新しようと思えばできるということ？ 死んだらネットでのリア充比較から解放されると思っていたけれど、もっとクリアな画素数で他人の幸せを見せつけられる羽目に……？　誰々の子孫はオーナーになって出世したのにひきかえ、うちの子孫は……なんてえげつない状況になるのでしょうか。

レミがついため息をつくと、祖父母はその心のうちを察したように、優しい波動を送ってくれました。

「悩みがいろいろあるんだね。ここで大切なのは、出世とか財産とか暮らしぶりではないよ。愛情の大きさだよ。レミがどこで何をしても、おじいちゃんとおばあちゃんは愛を送っているからね」

ありがとう、胸が熱くなりました。でもお墓参り全然行けてなくて、ごめんね。

「忙しいから無理しないで。私たちはお墓にはいませんよ。心の中で思い出してくれるだけでいいから」

祖父母とは生きていたときより深いコミュニケーションができたようです。2人はフォーカスいくつにいるのでしょう、でももはやそんな数字でのランク付けはどうでもいいように思えました。

祖母が別れ際にこんな言葉をかけてくれたのもレミの涙腺を刺激しました。

「レミは、爬虫類人なんかじゃない。生まれた時からかわいい人間の孫だよ」

おばあちゃん、ありがとう……。爬虫類なんてバカな考えを抱いてごめんなさい。祖母の真実の言葉が胸にしみました。

「おばあちゃん、おじいちゃん、私の守護霊のイルカを紹介したいんだけど、今度連れて行くからね。孫じゃなくてごめんね」と、思念を送りながら、現世に帰りました。

いつになく愛に満たされたレミは、ツイッターを立ち上げ、「みんな愛してます」と打ち込んで、送信しようとして寸前でやめました。愛という言葉は日本の若者にとっては重荷になることがあります。でもそのかわり、慈愛に満ちた心で染谷のツイッターをチェック。相変わらず自己主張全開で宣伝の書き込みだらけだけれど、今は不思議と苛立ちません。軽いほほえみを浮かべて余裕を持って画面をスクロールしていたら、

「最近、立て続けに友人の訃報を聞いて落ち込んでいる」という書き込みでふと指が止まりました。「魅力的な女性ばかりで、本当に惜しまれます」エレナが入っていると思うのは考えすぎでしょうか？　以前、レミがエレナの悪口をディスっていた時、彼も顔見知りとか言っていたような？　ときどき彼のツイートをチェックしなければ。

風祭さんのインスタグラムも、今では心を乱さずに静観することができます。相変わらず、ＤＪとかどこどこの開店祝いのパーティとか、海の家でレイブとかチャラつ

いた話題ばかり。でもそんな中に、「フリーメーソングッズが日本で発売」の記事のリツイートがあり、「フリーメーソンの今治タオルマジでほしい」という書き込みが。レミと話していた時はこの手の話題には無関心な風でしたが、この変化は……。レミの話がいつの間にか刷り込まれていたのでしょうか。それとも、レミへのひそかなメッセージ？

「私のこと、もしかして好きなのかな」と、レミは勝手ながら予測し、「ふっ」とひとり笑い。関係が進む寸前でレミから身を引いたので、それが相手の思いに火をつけたのかもしれません。今はなんとも思っていないので皮肉なもの。

そういえば、風祭さんへの思いが冷めかけているとき、それでも張り合いがほしいので、無理に恋心を盛り上げようとしていました。

(彼から連絡が来るおまじない、やってみよう)

いろいろ調べて、

「待受画面をピンクの蝶の写真にする」というのは気が引けたので、「神様にメールする」という方法を試しました。宛先を神様にし件名は相手の名前、本文に願い事を書いて送信。エラーで戻ってきますが削除して待つ、というもの。

半分遊び気分で試したところ、送信するやいなや、風祭さんからのメールが入れ違いで届きました。それを見て思わず「ダサっ」という言葉が口から出ました。「おまじないに即ひっかかるなんてダサい男！」結果的にますます気持ちが冷めてしまいました。その背後には守護霊ヌルランの暗躍があったのかもしれません。ヌルランが嬉しそうにクルクル回転している姿が浮かびました。

霊界やネットや過去に逃避しているばかりでは何なので久しぶりにレセプションに出かけることにしました。海外の香水ブランドのパーティで、調香師が来日するというもの。フランス系のおしゃれカフェで行われます。

いつもなら、その場の華やかな空気とシャンパンにほろ酔いになれるのですが、この日はなぜかいまひとつテンションが上がりません。壁際にたたずんでいたら、前に立っている顔見知りのインスタグラマーの女性が、長くウェーブした髪を何度もファサッとかきあげるので、その度に毛先が顔に当たってぞわっとしました。その女性はアグレッシブに調香師のもとへ行き、一緒に撮影したり、英語でフレンドリーに話しかけています。そうか、英語か……、いまいちSNSの世界で羽ばたけないのは英語力不足のせいもあるかもしれない、と今さらながら思えてきました。

ともかく彼女はギラギラしていて、インスタグラムの写真の優雅な様相とは全然違っていました。人脈だけでなく食べ物にもがっついていて、有望そうなセレブとの交流がひととおり終わると、フードコーナーで皿にガッツリ盛りつけてました。タッパーでもあったら持って帰りそうな勢いです。ブランドから借りてきていると思われるバッグがチョコレートファウンテンにくっつきそうでレミはハラハラしました。

タダでハイブランドの服や靴を借りてきて、パーティでは食べ放題、飲み放題。そして帰りにはお土産もゲット。インスタグラムやブログにちょっと紹介するだけで、インフルエンサー的な人々はおいしい思いをしています。レミも、かつてその一員でした。今は微妙ですが。それにしても招く側にとって自分たちはどう思われているんだろう、物乞いみたいに思われていやしないか、と、今になってふと心配になりました。そのアグレッシブなインスタグラマーの女性は、顔全体から貪欲さがにじみ出ていました。「欲しい欲しい欲しい欲しい……」という、ハングリーな表情。愛想笑いを浮かべながらも瞳は肉食獣のようにギラついています。これまでは、インスタグラマーの発する念波にはあまり気付かなかったのですが、死後探索の体験を経て、レミは感覚が鋭くなったのかもしれません。その反面、物欲も食欲も薄くなったようです。フードコーナーで、カボチャのプリンだけ手に取って食べて、ほとんど誰とも会話しないまま佇んでいました。

すると、貪欲インスタグラマーと、ＤＪの女子の会話が耳に入ってきました。「そういえばさー、最近パーティでエレナを見かけないけどどうしたんだろうね」「ネットで見たけど、枕営業がどうこうって。他にもマルチ商法に関わっているって噂もあったし、バレてこの業界にいられなくなったのかもね」「最後に会った時、痩せすぎててちょっと怖かったし」「まさかドラッグもやってないよね」「でも前に見たら腕に変な痣あったけど。注射の跡じゃない?」「やばいね。絶対半グレとも関わってる」「清潔感とか皆無だもんね。みんな写真の加工でだまされてるけどさ〜」「ウケる」

2人とも言いたい放題です。たまにインスタグラムで仲良さそうに写っているのを見かけましたが、女って怖い……。と、自分を棚に上げて身震いするレミ。2人が陰口で盛り上がっている、フランドル絵画に出てくる悪い民衆みたいなえげつない表情を隠し撮りして、SNSにアップしたいという衝動にかられましたが、すんでのところでヌルランに止められました。同じ波長になってどうする、と戒められ、レミはくやしそうに2人を見つめました。生きているかさえ不明だけれど、私は基本的にあなたの味方だから、と心の中でエレナに語りかけながら……。

18

次の日の朝、夢うつつで目が覚めかけていた時に、レミは突然「28番！」と番号を呼ばれ、ハッとしました。28番？　何の番号だろう？　検索癖のあるレミは咄嗟にグーグルに入力したけれど、「ピアノソナタ第28番　イ長調」というベートーヴェンの曲がヒットし、どこかの外国人のおじいさんがピアノを奏でている動画が出たけれど、とくに心には引っかかりませんでした。それどころか、右側の「あなたへのおすすめ」という動画にユーチューバー染谷の動画がいくつか出てきて、あまり見たくないものを見てしまったようでした。閉じる前にチラッとトップ画面を見た限りでは、またどこかから連れて来た若い地下アイドル風の女子をアシスタントに、ユルい番組をやっているようでした。次に、石龍山橋立堂（第28番札所）という秩父のお寺が引っかかってきて、ここに行けというメッセージなのかと思ったのですが、山奥で難易度が高いです。ふと思ったのですが、番号で呼ばれるというのはあたかも囚人のようです。地球はそもそも宇宙の刑務所みたいなところだという説を、ジョージ・アダムスキーやクラリオン星人が言っていた記憶がありました。ということは、もしかして通りすがりの宇宙人にディスられたのでしょうか？　くやしい気持ちが芽生えましたが、どうすることもできません。今のレミにできるのは、少しでも迷える魂を救うことで、徳を積んでいくことです。そうすれば、いつかきっとアセンションして高次の宇宙人を見返すことができるはず……。高次といっても、ディスってくるくらいだからたいしたことない、4.2次元くらいの存在だわ。そうでしょ？　と心の中でヌルランに呼びかけ、軽くたしなめられました。「数字で判断するの地球人の悪い癖だよ」と言われ、反省しました。

魂の救済といえば、エレナの魂は今、どうしているのか、レミは目を閉じ、自己催眠で霊界へと入ってゆきました。まず、浮かんでくるのは、どんよりした白いもや。中心の消失点に向かってグリッドが引かれている世界です。以前、ヴァーチャルリアリティ（VR）の体験イベントに行った時、映像が始まる前がこんな感じの風景でした。隣のブースにいた知らないカップルの女性が、彼にしきりに「ねえ、これ『マトリックス』みたいじゃない？」と言っているのが聞こえてきました。なぜ映画『マトリックス』を観た人は「『マトリックス』みたい」という言葉をやたら使いたがるのだろう。きっと年3回は「『マトリックス』みたい」としたり顔で語っているに違いない、そんな表層意識の下で、白いグリッドの世界はそれっぽいと認めざるを得ませんでした。そのあと、VRの映像と音が始まるのですが、映像がマッピングされる前の無の世界こそ、この世の本質かもしれません。色即是空です。本当はこの現世は全く何もなくて、プロジェクションマッピングみたいに映像が投影されているのでしょう。白くて空っぽの中庸の世界に行く度に、レミはそう思うようになりました。目に見えるものすべてがプロジェクションマッピング。しかし、そんな悟りの段階に行くにはまだ早く、レミはとりあえずエレナのもとに行きたいと念じました。

するると紫色のもやに包まれ、場面が転換し、レミはどこか川の近くの高層マンションの一室を見ていました。月島のあたりでしょうか。コンランショップあたりに売ってそうなおしゃれなインテリアですが、もしかして、エレナの部屋？　そこには、エレナが1人、ソファーに座っていました。生きているのか死んでいるのかわからない、精気のない表情。

「どうしたの?」とレミは呼びかけてみました。

「……」

「エレナさん、どうしたんですか?」

無視されて、もしかしたらタメ口が馴れ馴れしすぎたのかと思って敬語にしてみました。すると、しばらくして反応がありました。

「……もう、その名前はやめたの」

エレナは、座ったままテレパシーでそんな感じのことを言ってきました。

「どうして？　何があったんですか？」

エレナはそもそも芸名だったのでしょうか。たしかにおしゃれすぎる名前だと思っていました。でも、有名人が芸名を変えるというのはたまにあるけれど、たいていその後運気が下がりがちです。

レミはハッとしました。まさか、戒名……？

「エレナさん、どんな名前にしたのか差し支えなければ教えてください。なんとか大姉とか信女とかつく名前ですか？」

「何それ。そんなんじゃないですよ。本名に戻したの。吉田里子に」

意外にも普通というか堅実な本名ですが、いったい何があったのでしょう。

「いろいろあって、リセットしたかったの。だって今、エレナで検索すると予測検索候補に『枕営業』とか『ドラッグ』とか出てくるんだよ。このレッテルを一生引きずっていかないとならないなんて、耐えられる？」

「たしかに……あっ、私はエレナで検索なんてしてませんけどね」

と、咄嗟に嘘をついてしまいましたが、中空を見つめているエレナはとくにレミの言葉など聞いていないようでした。

「本当に枕営業やドラッグをやっていたのなら、心のどこかであきらめがつくよ。でも私は本当に何もやってないの。スポンサー企業の偉い人と食事に行ったことなら何度かある。でも、そのまま解散して帰ったし。何もなかった。ドラッグだって、私がたまに行ってたクラブはそういう噂があって、スタイリストの友人が『あそこの奥の部屋は引き出しを開けるとコカインのラインがずらっと並んでる』と言ってたのを聞いて、へぇーっとか思ったけど、実際見たことないし。でもあそこのクラブ、店員がたしかに挙動おかしかった。鼻がとって付けたような不自然な形だし……」

「そんな噂知らなかったです。でも、エレナさんたまに目の下にクマができていたから、正直私もその時はクスリ関係かと疑ってました、すみません」

「ふーん……。その時は他に辛いことがあったのかも」

「辛いことってなんですか？　私で良ければ……」

「飼っていた猫が天国に、虹の橋のところへ行ってしまったの」

「もしかして、あの猫……」

「えっ、知ってるの？　私の猫、クロエを」

またいちいちおしゃれな名前を付けると思いましたが、レミが最初に死後の世界を探索した時に現れたグレーっぽい猫はエレナの飼猫だったのでしょうか。

「霊界っぽいところで見たような、グレーでちょっと長毛の猫ですよね」

「そう……かわいいでしょう。じゃあ、無事に成仏できたんだ、よかった」

エレナは少しホッとしたような表情になりました。

「そんな感じで猫の看病もあったし、死んだ後は精神的ダメージであまり外出られなくなっていたの。それにもうパーティざんまいの生活がいい加減虚しくなっていたしね。名前を変えて、ヨガのインストラクターの資格でも取ってやり直そうかな」

エレナはそう言うと、立ち上がり、奥の部屋に入ってゆきました。そこはエレナの寝室のようです。ベッドの両側には大量の箱や袋が積み重なっていました。

「すごいですね。この箱。よく見たら全部ブランドものじゃないですか」

「これは毎週のように招かれていた、ブランドとかコスメのパーティでもらうお土産なの」

「あまり使ってないんですね……」

「だって、コスメセットいくつももらっても、顔は1つしかないんだし、使い切れる？　バッグだってもうたくさんあるんだし。あとはブランドのコンセプト的な写真集とかどうしていいかわからないし。あとキャンディとかもらっても結局食べないし。だんだん開けるのすら面倒くさくなって、箱や紙袋を積み重ねてるの」

レミがパーティに招かれるのはせいぜい数ヶ月に1度で、人気のインスタグラマーやブロガーは招待されまくりで羨ましいと思っていましたが、物をもらいすぎるとそれはそれで悩みの種なのかもしれません。そういえば、昔有名人の元妻が、お中元やお歳暮でどんどん生牡蠣が贈られてくるのが精神的ストレスになっていた、と言っていたのを思い出しました。

「たしかに、ノベルティでもらったブランド品をヤフオクに出したらすぐ身元がバレそうですしね」

「でしょう。私がもらった物の中で、一番嬉しいのは、これ」

エレナは部屋の一角に積み重なっているリボンを取り出しました。ブルガリ、フェンディ、ドルガバ、ディオール、カルバン・クライン……ハイブランドのロゴがプリントされた大量のリボンが無造作に置かれていました。

「お土産の中で、リボンだけを抜いて使っていたの。猫をじゃらすのにね」

エレナはそう言って、リボンをヒラヒラさせました。

「クロエは狩猟本能の強い猫で、いつもリボンに飛びかかっていた。とくにツルツルした生地の赤いリボンがお気に入りで……」

よく見ると、猫の爪の跡のような小さい穴が空いています。

「そうなんですか。リボンがたくさんあってクロエちゃんも喜んでいたでしょうね……私は猫を飼ったことないし、イルカしか身近にいないからわからないけど。愛するペットを亡くすのは辛いんでしょうね。お察しいたします」

レミは涙ぐむエレナを見つめ、慰めようとしましたが、彼女はもうレミの言葉は聞いておらず、リボンを手慰みに猫との追憶の日々に浸っているようでした。レミはそろそろお邪魔かと思い、エレナの部屋をそっと立ち去り、また白いバルドの世界に戻ってゆきました。パーティよりバルドの方が居心地よくなってきた感があります。

19

そういえば、仕事の請求書をまだ送っていなかったことを思い出し、レミはまとめて5通ほど記入。ハンコを押して住所と振込先を記入して、と地味に面倒くさい作業を行い、ポストに投函。でも、目が覚めたらすべては無でした。請求書1枚書いた形跡がありませんでした。

このところ夢ともうつつともつかない日々を送っています。唐突に、しょうゆ工場を取材してほしいという依頼がありました。例のカルチャー雑誌です。久しぶりの仕事で嬉しかったのですが、「なんでしょうゆ工場なんですか?」と平沢さんにメールを送ると、「今季のトレンドカラーはしょうゆのような濃い茶色だから。トレンドに敏感なレミさんならしょうゆをおしゃれに書けるでしょう? スポンサーにしょうゆ会社がついてくれたから、彼らに喜ばれるような記事を書いて。もし好評だったら、しょうゆ染めのトートバッグを今後コラボで作ってくれるって言ってるの。もし気に入られなかったら、来月号から仕事はないから」と、脅しめいた返事が返ってきました。

ヌルランに、どうしようか相談したら、「イルカにはしょうゆは必要ない」という答えが返ってきました。たしかに生のまま、魚を食べています。

結局引き受けることにして、レミは千葉の奥地のしょうゆ工場に向かいました。巨大な銀色のタンクが並び、あたりにはしょうゆの香りがたちこめています。

工場で案内してくれた男性スタッフは、代々続くしょうゆ製造業への誇りをにじませていました。

「主な原料は、大豆、小麦、食塩、水です。ご存知ですか？　大豆と枝豆は同じなんですよ」

「知らなかったです。色も全然違うので」

「しょうゆ作りには乾燥した大豆を使います。菌が入りやすいように、まずは蒸します」

「菌ですか」

「乳酸菌や麹菌、酵母が活動し、しょうゆの味と香りが作られます。そして半年くらいかけてもろみが熟成されます」

ガラス窓の向こうには巨大な円盤状のプレートと、その上に大量の大豆の粉と小麦がしきつめられているのが見えました。

「止まっているように見えますが、実はゆっくり回転しているんですよ」

地球の自転のように、感知できないスローな速度で回るしょうゆの原材料。じっと眺めていたら、レミはめまいに襲われました。

この工場見学レポートをどうおしゃれにまとめたら良いかプレッシャーにも押しつぶされそうです。

(しょうゆ工場には、太陽系のような世界が広がっていた……こんな出だしはどうだ

ろう。無理があるか……）窮したレミはふらふらとしゃがみこみ、

「大丈夫ですか？　ちょっと、気付け薬の御用蔵《ごようぐら》醤油を持ってきて！」とスタッフの男性がパートのおばさんに指示する声が、うすれゆく意識の中で聞こえていました。

目が覚めたら、そんな仕事依頼はメールボックスを探しても来ていなくて、ホッとしました。しかし夢の中で働いたのに、何も残っていないのは損した気分です。

先日のエレナとのセッションで、レミは疲れていたのかもしれません。急激な眠気に襲われ、気付いたら、またエレナの夢を見ていました。エレナがまだ話し足りないと呼び寄せたのでしょうか。

部屋着、というか目のやり場に困るスリップドレスを着たエレナが「私の猫について、ちょっと書いてみたの。聞いてくれる？」と言うので、「はい」と言うと、「猫は海。そして川でもあるし、山でもある」という短いテキストをエレナは読み上げました。「猫はすべての大自然を内包している。とくに、視界が猫でいっぱいになるほど顔を近づければ、このことが実感できるから。毛が流れるさまは、大河のようだし、さわさわ耳毛が揺れているのは、稲穂のように神々しい。猫を飼っているとなかなか遠出できないけれど、猫がもはや大自然なのだから、部屋で一緒にいるだけでも満たされる。猫は宇宙のすべてとつながっている」

「1匹の猫を撫でるのは、すべての猫を撫でるのと同じ。前たまにチェックしていたツイッターにもそんなことが書いてあったのを思い出しました」

「それは真実かも。私、ツイッター全然見ないから知らなかったけど。何ていうアカウント?」

「god……なんとかっていうんだけど、思い出せない。すみません」

レミは最近、記憶力的に固有名詞が出てこなくなってきたようです。でも、どうでも良いと思えるのはおばさん化しつつあるのでしょうか。

「とにかく猫は最高ってことだね」

「たしかに猫は完成度が高い生き物です。でも、あまりにも溺愛するのは危険かも。猫の魂に引っ張られて、来世は猫に生まれてしまいますよ」

「それでも構わない。猫はネットに悪口なんか書かれないし、SNSで炎上することもないしね」

「たしかにネットでお互い比較したり牽制し合ったり、人間の方が愚かですね」

「そうでしょう。猫は人間より霊格が高いの」

「でもエレナさんが猫になったら、結局猫ブログとかで人気になりそう」

「そんなことないよ。普通に野良猫に生まれたりして」

レミは、エレナと昔からの友人のように笑い合いました。

場面が変わって、今度は由香のいるシーンになりました。カフェで1人、うつむいています。「どうしたの？」とレミは話しかけました。「彼がトンカツ屋の店主と口論になって……。わさびのトッピングをリクエストしたら、ぶっきらぼうに『あぁ？』というリアクションをされて、カッとなって、『あぁ？　って客に向かって何だよ！』とか怒鳴って、店の空気が悪くなったし、もうついていけない……」と切々と訴えました。

「別れちゃいなよ。もう潮時だよ。だって彼と付き合ってから由香、ちょっと体重増えたんじゃない？　自分のコンディションまで悪くなったら……」と言うと、由香は「ふーっ」とため息をつきました。

「そろそろ将来のことも具体的に考えないとね。同級生もみんな結婚して、子どもを産んだりしてるよ。私も焦ってる。それはそうと、レミは最近どうなの？　ヘアメイクの人と何かいい感じと言ってなかったっけ」

「私は何もないよ。ヘアメイクの人とも自然消滅だし。なぜか最近、何もそういう気がおきないの。恋愛欲、というかそれ以前に性欲もない」

「えーっまだ30代なのに。大丈夫？」

「瞑想して死後の世界をイメージするようになってから、ますますそういう気持ちがなくなって。涅槃《ねはん》に近づいてるのかな……」

「物欲は？　レミはバッグとか靴とか好きだったじゃない」

「物欲も……前より薄らいでるかも。最近はバッグや服を買わなくても、お店で眺めたり、ちょっと触るだけでも、ある程度は満たされちゃうんだよね。ブランドもののエネルギーを吸収しただけで」

「そうなんだ……。じゃあ、承認欲求は？　ブログとかインスタとかで人に認めてもらいたい気持ちはまだあるよね？」

「うーん、どうだろう」

由香に改めてそう問われると、やはり有名になりたくてギラギラしていた昔の自分と比較して変化しているというか、落ち着いた気がします。ライバル視していたエレナがネットから消えたことも影響しているのでしょうか。

「私はそもそも、そういう欲求あまりないけど。でも、最近ポケモンGOをはじめてから、新しいポケモンをゲットすると、それだけでささやかな充実感が得られるというか……。レミはもうダウンロードした？」

「まだやってない。でもそう言うならやってみようかな」

……妙にリアルな夢を見ましたが、心の中でポケモンのことが少し気になっていたからこんな内容になったのでしょうか。ダウンロードして、さっそくゲームをスタートすると、現実世界と座標がリンクした、霊界でもない、不思議な次元にいざなわれました。黄緑色の大地に灰色の道路が広がり、ところどころポケストップと呼ばれるブルーのモニュメントが置かれています。スタートすると、3匹のポケモンがまず捕まえてくれとばかりに近くに現れ、つきまとってきたので、モンスターボールを投げてゼニガメを捕まえました。図鑑に登録されると、じわじわと達成感が。しかもかわいいです。レミは家の近所を歩きながら、ポケストップからアイテムを入手しつつ、ヤドン、コイキング、コラッタといったモンスターを捕まえていきました。捕まえたポケモンは、スマホの画面で360度回転でき、体を動かしたりと、生きているようです。所有ってなんだろう……、とレミは思いました。部屋に何かコレクションするのと、スマホの中にコレクションするのと、実はそう変わりがないのではないでしょうか。靴やバッグは使えるので、満足度でいったらスマホ内データが60％くらいかもしれませんが、それでもある程度満たされます。ポケモンによって、人々の所有の概念が少し変わりつつあるのかもしれません。公園でスマホを持って、うつむき加減に歩いている大勢の人々の姿はどこか異様で、ゲームによって全体主義に取り込まれているという陰謀論的な見方もあります。窪塚洋介氏のいう、バビロンにコントロールされた状態です。しかしその先にあるのは、ネガティブなものばかりではないように思います。

レミは、ポケモンがいっぱいいると巷で噂の上野公園にポケモンを探しに行きました。イルカ系モンスターがいればいいけれど、とヌルランに話しかけると、「モンスターと一緒にしないで」と不服そうでした。それにしても公園はあの世に似ています。樹々が生い茂る広大な空間で、人々がゾロゾロ歩いている様子は、あの世に来たばかりの魂の群像のよう。自分のいるべき階層に向かって、何かに導かれるように、列をなして進んでいきます。死んだ時の予行練習、小学校の避難訓練みたい……とレミは思いました。「ポケモンの世界も、霊界のようだね」とヌルランの声がしたようでした。霊界は天や地中にあるのではなく、同じ場所、少しずれた次元にあるとどこかで読んだ記憶があります。スマホを立ち上げないとポケモン界につながらないように、霊界にも波長を合わせないとつながらないのです。

それにしても、ここが現世なのか霊界なのかわからなくなってきます……巨大な仏頭まであるし。上野の大仏の幽玄さに、レミは畏怖の念を感じました。少し心細くなってあたりを見回すと、知った顔を見つけました。

「あっ由香！」

夢に出てきたのは予兆だったのか、由香と彼が一緒に歩いていました。2人ともスマホの画面に目を落としています。彼らもどうやらポケモンGOをプレイ中のようです。

「あっ、池の方にいっぱいルアーが立ってる。行こうよ」

「待てよ、今、タッツーが来たから。捕まえてる」

「うそ、私の方はいないよ。レベルが違うから？」

レベルによって見えるポケモンが違う、というのもスピリチュアルな波動の法則のようです。レミは由香に近づいて、

「由香、ポケモン中？」と話しかけましたが、画面に夢中で聞こえていないようです。

「どうしよう、もう電池20%まで減ってる」

「私もやってるよ」

「あー、さっきポッポに10個もボール使っちゃって、電池も無駄遣いしちゃった」

「ポッポごときに？　何やってんだよ」

「由香……」

その時、彼がちらっとこちらを見た気がしますが、2人はそのまま行ってしまいました。レミは漠然とした寂しさ、やるせなさで脱力し、その場で歩みを止めました。彼らはもはやゲーム脳になってしまったのでしょうか。魂を抜かれ、自らの意志すら失ったかのように……やはりポケモンは危険です。それとも、由香に彼と別れるように言ったこと、実は怒っているのでしょうか？　もはや現実と夢とポケモンの区別がつかなくなってきて、どちらの方向に進んでいいかもわからず、レミは公園の道の半ばで立ち尽くしていました。

20

レミは次の日も引き寄せられるように原宿、表参道方面に向かいました。ちょうど、年に1度のファッションのイベント「ファッションズナイトアウト」が開催されるのです。前日、由香に無視されたショックを、華やかなイベントでまぎらわせようと思いました。

9月の土曜の夜、原宿、青山、表参道のショップがふだんより遅めの22時くらいまでオープンする1日限りのイベントです。たまにお酒やドリンクを大盤振る舞いしてくれる店ではパーティ気分に浸れます。

「一昨年とか去年は、ショップバッグを持っている人が少なかったけど、今年は結構買い物してる人がいる。ということは景気持ち直したのかな？」

レミは、一昨年、表参道の美容師に、

「あのイベントは赤字で継続が難しいらしい」と聞いて、終わってしまうかもと勝手に心配したことを思い出しました。でも、この盛り上がりを見る限り、まだしばらく続きそうです。ただ、ドリンクやノベルティを出す店の数は減っているような気も……。プラダでは以前、ワインやブラッドオレンジジュースを出していましたが、ここ数年は見かけません。ふわふわの絨毯にこぼす客でもいたのでしょうか。

何か買うともらえる光るバッジを付けた人々が、高揚気味に歩いています。赤や緑、青に点滅し、まるで宇宙船のようだとヌルランが喜んでいるのが伝わります。「日本で一番、いや世界一おしゃれなお祭りだよね！」と、通りすがりの女性が興奮気味に叫んでいました。

その、素直な反応は今となっては初々しいです。レミが行くような、パリピ上級者が集まるパーティでは、テンションが上がったらダサい、という空気が漂っているので。以前、壁のそばに置かれたスピーカーの方を向いて、スピーカーと一緒にひとり孤独に踊っていた男性を見かけたときは、こじらせパリピ、という単語が浮かびました。そのパーティでは「日本のレッドカーペットを仕切っている」という男性に話しかけられ、LINEを交換しましたが、そのあと1度も連絡が来ないところを見ると、レミはネームバリュー的に条件を満たしていなかったのでしょう。ハイブランドのパーティでは下から上まで服装チェックしてくる黒づくめのおばさんとかいて、気が休まりません。

でも、誰でも参加OKのこのイベントでは、オープンマインドで素直に楽しんでいる人々であふれかえってました。初心に戻ってパーティを楽しめそうです。いつも飲み物を配ってくれるコム・デ・ギャルソンに行ったら、最近は刈り上げが流行っているのか、ワカメちゃんくらい毛を剃って残りが三つ編み、というおしゃれ意識が高すぎるスカート男子が目に入り、一瞬躊躇しました。でも、頭の片隅で、ヌルランが「彼のファッション、性を超越しててすごくいいね!」と興奮しているのが伝わってきたので、店内へ。お客さんに無料配布されるドリンクはあいにくもう品切れでしたが、おしゃれピープルを目撃できてよかったです。去年は黒ずくめの集団がいて、セレモニー感があったのですが、今年はPOPでした。

誰もがパリピ気分で、酔いしれる一夜。ヌルランが行きたい方向に導かれるように歩いていきます。お店によってはＤＪブースが設置されていて、ふらっと入ったオープニングセレモニーではタトゥーがガッツリ入った外国人がブースにいて、存在感を放っていました。ＤＪを撮影していたミーハーな若い女子が、レミを見てハッとしたような表情になり、もしかして私のこと知ってるの？　と少し自意識が満たされました。

そして普段なかなか足を踏み入れないような青山の奥地に入っていき、気付いたら、目の前に広大な空き地が広がっていました。どうやって地上げしたのか、ビル2棟くらい建ちそうな広い空き地です。ブルーシートが敷かれていて、等間隔に土嚢が置かれている様子は、シュールで不気味でした。レミは、華やかなアパレルショップよりも、なんとなくこの空き地に入って休みたい衝動にかられました。ヌルランが、こう言っているのが脳内で聞こえました。

「見えないかもしれないけれど、土嚢に半透明の人たちが腰かけているね」

「霊ってこと？」

「そう。おしゃれ欲が満たせなかった人がこの辺をうろうろして、でも自分が一体何を求めているのかわからなくなって途方に暮れているみたいだね」

「おしゃ霊か」

「時々、買い物客に乗り移って、必要のないものを買わせて、自分が購入した疑似感でひと時の満足を得ているんだよ」

「服を買う時って、ポジティブな精神状態とは限らない。何か満たされないとか、鬱屈を晴らしたい時に無性に買いたくなったりするから、そういう時に霊と波長が合っちゃうのかもね」

「どうする？　浮かばれない彼らを救済してみる？」

レミがざっと土嚢を数えても200個くらいあったので「ごめん、ムリ」と、スルーさせていただきました。

どこをどう歩いたかわかりませんが、おしゃれなサラダの店の2階のセレクトショップに到達。

「このブランド知らなかった。ベロアっぽい起毛したブラックのワンピース、かわいいかも。ヌルランどうかな？」ひとりの買い物では心の中でヌルランに相談するのがいつしか習慣になっていました。

「タートルネックでベロアだとちょっと暑苦しい感じになりそうだけど」

「そうだね、1万8000円で手頃な価格に惹かれたけど、やめておく」

「服たくさん持っているんだし、しばらく買い足さなくていいんじゃない?」

「もうヌルラン、小姑みたいなこと言って……」

そう言うレミの視線の先には、このイベント用に作られたアクセサリーが並んでいました。1人の若い女性が、「あっ、これもらえるんだって!」と勝手にイヤリングを取って耳に付けました。「TAKE FREE」という貼り紙は、横に置いてあるフリーペーパーについての表示で、アクセサリーは「1200円」と書かれていたのですが、それが視界に入らなかったようです。「あの、それ……」とレミは声をかけたのですが、女子には軽く無視されてしまいました。サロンモデルでもしていそうなリア充感あふれるおしゃれ女子です。一緒にいる彼氏が若干イカつい系だったので、それ以上深追いするのは自粛。万引きGメンだったら「ちょっとお客さん、まだ会計済んでない品物ありますよね?」と店を出たあたりで呼び止めるところでした。しかし、釈然としないものがあります。(ちょっと美人だからって何? 調子に乗ってるんじゃない? 何でももらえるって勘違いして)レミは、心の中でもやもやする思いを吐き出し、その女子の姿を目で追っていました。すると、念が通じたのか女子の手が、品物のコップに当たり、地面に落下。ガチャン! という音がおしゃれ空間に響いて、パッと注目が集まり、「すみません、すみません」とオロオロする彼女を見て、どこかスッとする思いでした。モップを持って片付ける店員の後ろ姿に、苛立ちの気配が感じられました。（あの子、しばらくこの店に入れないかもね。いい気味）と、つい意地悪なことを考えてしまうレミを、ヌルランがあきれた表情で見下ろしているようでした。

レミは店を出て、表参道沿いに歩いていきました。バレンシアガ、グッチ、セリーヌ、サンローラン、ヴィトン……道の両脇を煌々と輝くハイブランドショップが、セレブの走馬灯のように流れてゆきます。表参道ヒルズは、打ちっぱなしのグレーで、どこか冷たい外観。でも、先端にあるガラスの三角形のオブジェは、良い気を発しているような気がしてレミは時おり先端に手をかざしたりしていました。ガラスでできたミルフィーユのようで、夜になると内側がライトアップされて神秘的です。両脇を流れる水路がここに端を発していて、この場にしばらく佇むと、水の流れに浄化されるようです。小さいお堀ですが、悪いものが入って来ないようにする結界の意味もあるのでしょう。それにしては、ハリー・ウィンストンの強盗事件などあって残念ですが……。表参道ヒルズの本館の横には、かつての同潤会アパートを再現したような、わざと古びた外観で建てられた別棟があり、ポップコーンを買いに来た人々の列ができています。ポップコーン、結局買ったことないかも、と思いながらふと立ち止まったら、向こう側から細い美女が歩いてきました。黒いワンピースにパンプスに網のソックスを履いた姿は、遠くからでもただものでないオーラを放っています。白い光を発光しているようです。近づいて来る彼女の顔を見て、レミは驚きのあまりフリーズ。エレナでした。てっきりもうこの世にはいないと思っていたエレナ。ガリガリだけれどしっかりした足取りで歩いています。1夜だけのファッションズナイトなので、もしかしたらお盆みたいに、おしゃ霊たちが現世に戻って来ているのかもしれません。お盆とハロウィーンのちょうど間の時期なので、時空がちょっと歪んでいるのでしょうか。古い雰囲気の建物には霊が集まると聞いたこともあります。

レミはエレナに視線を送り続けました。するとその圧でエレナはこちらを見て、ビクッとしました。その表情には怯えの色がありました。見つかってしまったと思っているのでしょうか。大丈夫、とレミは微笑みかけました。瞑想して別の次元で会った時は、あんなにフレンドリーに会話ができたけれど、あれは魂と魂のテレパシーだったからでしょうか。肉体をまとうと、とたんにぎこちなくなってしまいます。人間は不便です。テレパシーの交流なら臆せず話しかけられたのに、こうして実際に対峙すると、かける言葉が見つかりません。レミは、「久しぶり、私のことを覚えてる？」と言いたかったのです。実際、そう言ったつもりでしたが、なぜか口から発せられたのは「綿あめ……」という全然違う単語でした。何かがおかしいです。時空の違和感が半端ないです。エレナは、意味不明な言葉をかけられ混乱したのか、チラッと一瞥すると逃げるように歩き去りました。

21

この前夢うつつで会った時は、あんなに心を開いて話してくれたのに。エレナに無視されたことがレミは寂しくショックでした。あの友情は幻だったのでしょうか？　地獄みたいなところから救出までしようとしたのに。やっぱりおしゃれピープルは冷たいです。メリットがある人としか仲良くしないようです。

でも、レミは地獄にいるのは自分の方かもしれない、とも思いました。友人に次々無視されて、表参道をあてどなく1人でさまよう孤独な存在。ヌルランがいてくれても、結局肉眼では見えないし触れることができない霊体です。

レミはそのまま246を延々と渋谷方面まで歩いていきました。もやもやする思いを消化するためにも、ただ黙々と歩きたかったのです。しかし渋谷に向かっていっているのに、ヒカリエがいつまでたっても見えてきません。高速の近くにあるはずの特徴的な建物が見つからず、結局渋谷駅に着いてしまいました。すっかり都会人になった気でいましたが、ヒカリエが見つからないなんて初歩的なことがあるのでしょうか。疲れているのかもしれない、とレミは思いました。大好きだったパン屋のゴントラン・シェリエも別の店になっていたような。パラレルワールドにでも来てしまったのでしょうか？

家に戻って少し眠ってから目が覚めると、そこは灰色の空間でした。Macを起動した時の画面の色みたいな、何ともいえない灰色です。また、霊界に来てしまったのでしょうか。何かあるとすぐあの世にトリップする癖がついてしまったようです。

灰色の世界の中に、大きな目のようなものが現れてきました。すべてを見通しそうな鋭い眼差しは、厳しさの裏側に優しさも感じさせました。誰の目？ ご先祖様？ 守護霊？ 神様？ ホルス神？ レミは畏怖の念を抱き、その目を見つめました。

そうか、これは全能の目、万物を見通す目と呼ばれる「プロビデンスの目」かもしれない。雅之に教えてあげたい。霊界で全能の目と会ったよ、と。でも、今は彼と連絡を取りたくても取れない、遠い場所にいる気がします。

プロビデンスの目を見つめていたら、その瞳に何かが映っているのにレミは気付きました。何かもやもやと動いている、見たい、でも怖くて見たくない、と相反する気持ちがありましたが、映し出されたのが自分の親だったのでハッとしました。２年くらい実家にも帰らず、親不孝な娘でしたが、心のどこかで元気にしているか気になっていました。その映像の中の両親は、そんなに元気そうではなく、沈んだ表情をしていて、レミは心配になりました。あとで久しぶりにメールを送らないと、と思いました。

プロビデンスの目の視線が動いたので、その方に目をやると、人影が見えました。注意して見ていたら、人々が集団でぞろぞろと歩いているようでした。レミはそちらの方に向かっていきました。お年寄りが多いですが、中には若い女性もいます。近づいてきたレミを、１人の女性が見て、「あなたもこっちじゃないの？」と話してきました。「わからない。どこへ行くの？」「私もはっきりとはわからないけれど、皆についで行ってる」

行列には、レミが行くようなパーティやファッションショーの入場待ちの列とは全然違うシリアスな空気が漂っていました。ここに並んでも何も楽しいことはなさそう、とレミは判断し、列を離れました。列は遠い山の方に向かっていました。山に大きな夕陽が沈むのが見えます。

「何かあの世感、半端ないんですけど……」

もしかしてやっぱり私は死んだのかも、とレミは思いました。でも、たくさん人がいるので、淋しさを感じず、まだ実感がわきません。

リアルな夢なのか、本当に霊界にきてしまったのかわかりませんが、もしあの世だとしたら、何でまた行列に並ばされるのでしょう。行列ができる霊界。

「生きているときも散々行列に並ばされ、死んでからも並ぶ羽目になるなんて、オペレーションどうなってるわけ？　神様が仕切っているなら、ちゃんとしてほしい」

レミは軽い苛立ちを覚えていました。でもここがあの世だとしたら、閻魔《えんま》様とか亡者の衣服をはぎ取る奪衣婆《だつえば》とかがいるはずですが、見当たりません。おかしいな、と思っていると、

「あの世のイメージはその人の持っている宗教的価値観や固定観念で作られるんだよ」

と、ヌルランのメッセージが降りてきました。

「天国や地獄は？」

「それもその人の持つ概念でイメージが作られる」

レミは自分にとって地獄や天国は何だろうと考えました。地獄は……混んでいてう

るさくて、誰も知っている人がいなくて身の置きどころがないパーティ会場。しかも女子たちはお互いジャッジの目を光らせている。反対に天国は、快適で料理がおいしくてスタッフも優しくて人気者気分に浸れるパーティ会場でしょうか。それか、丸の内や六本木の商業ビル。レミは、自分のイメージ力の貧しさに恐縮しました。

「天国は美しくて快適だけど、もしかしたら退屈かもしれないね。地獄は怪物や鬼や悪魔がいて飽きないよ。臭くて汚いけど」と、ヌルラン。

地獄も天国も虚しい。もちろん現世も虚しいけど、一番なじみがある場所に戻りたい。レミはそう願った瞬間、ヒューッと下界に落ちてゆき、夢から目覚めました。

起きてから、ここ最近変な夢ばかり見ているのが不安になり、スピリチュアル好きの友人、伊藤さんに相談したくなりました。メールアプリを立ち上げ、最近あの世の不吉な夢を見て、自分は何かにとり憑かれているのかもしれなくて、霊能者とかスピリチュアルカウンセラーを紹介してほしい、と書いて送信——したつもりが、ファイルを消した時に出る煙みたいなのが出て、メールはどこかに消えてしまいました。寝ぼけているせいで手が滑ったのでしょうか？　スマホと持ち主は一心同体みたいなところがあります。ちょっとした文字の打ち間違いとか、Wi-Fiの不具合などにも、本人の心身の調子が表れていたりします。例えば調子が悪いと「今日は」と打ち込んで

「凶は」になったり、「今朝」が「袈裟」になったり、「し」と入れると「死」が予測変換の最初に出てきたり。スマホの操作がおぼつかないのはたぶん休んだ方が良いサインです。

レミはため息をつき、せめてSiriに話しかけてみることにしました。

「私は終わりですか」

スマホの人工知能に向かってダウナーな思いを吐き出すと、

「理解できません。

でも、webで検索できますよ」

と知的な女性の声で答えてくれました。

「わかった、検索してみる」

と、レミは怖くてめったにしないエゴサーチをかけてみました。すると、一緒に検索されているワードの候補に、

「死亡」と出てきて、レミはビクッとしました。死亡って、揶揄する意味での死亡だよね？　誰々が完全終了みたいな。最近ブログの更新もなおざりだったけれど、死亡なんてちょっとひどくない？

レミはさらに検索関連ワードを見ていくと、

「レミ　死因」というものまでありました。検索してみたけれど、とくに具体的な内容は出てこなかったのです。「死亡」に「死因」が出るなんて、どういうこと？　インターネットにも自分の居場所がなくなった気がしてきて、胸か詰まり、涙がわいてきました。数年前、ファッション系のサイトに急にブログの契約を一方的に切られた時よりも、深い哀しみが込み上げます。

ヌルラン、助けて……。と心で呼びかけましたが、哀しそうな目でただレミを見つめるビジョンが浮かぶばかりでした。首を振っているのはどういう意味？

もしかしたら、エレナが死んで霊になったのかと思っていたけれど、それは自分のことだったのかもしれない……。レミの中にそんな不穏な考えが浮かんできました。

だとしたら、いつ？

ヌルランはなんで教えてくれなかったの？　2人して半透明の存在になっていたなんて。だから、人に話が伝わらなかったり、パラレルワールドに迷い込んだみたいになっていたり、おかしいと思っていました。

「私は死んだんですか？」とスマホのSiriに話しかけても、作動しません。声がちゃんと出ていないのでしょうか。

そういえばちょっと前に、染谷のツイッターに女友だちが亡くなったと出ていたログがよぎりました。あの時だったのでしょうか。合理的で冷血な男かと思っていましたが、少しは人情味があったのかもしれません。イメージの中の両親が沈鬱な表情をしていたのも、このことを示していたのでしょうか。ただ、本当に死んだかどうか納得できないのは、自分の肉体が存在しているということ。実は死んだなんてデマで、誰かが変な噂を流したのではないのかという疑惑が捨てきれません。インターネットの中では、女も7人の敵がいるのです。

部屋でぐずぐず考えていても仕方がないので、レミは外に出かけました。メールを送ろうとした伊藤さんに会えば、彼女は霊感があるらしいので何かわかるかもしれません。彼女がバイトしている健康食品の店に向かいました。道路に面したお店に近づくと、スーパーフードの棚を整理している伊藤さんの姿が見えました。グレーのパーカにエプロンを身に付け、忙しそうに豆腐の棚の前で品物を並べています。

「伊藤さん、こっちを見て……」と、呼びかけたレミ。すると、伊藤さんは気付いたのか、レミの方を見ました。そしてハッとした表情になりました。

「伊藤さん、久しぶり。ちょっと聞きたいことがあって……」とレミは話しかけました。声はあまり出ていない気もしましたが、伊藤さんはこちらをまじまじと見つめているので、存在には気付いてくれているようです。レミの姿は半透明で見えていたりするのでしょうか。

しかし次の行動は、レミにとっては予想外、というか心外でした。伊藤さんはバッグから急いでパワーストーンの数珠を取り出し、腕に巻いて、さらに粗塩まで出して自分の肩にふりかけだしたのです。

(何？　もしかして私のこと恐れている？)

悪霊を見たかのような伊藤さんの動作に、レミは傷つきました。

「どうしたの？　顔色悪いよ」スタッフが伊藤さんに声をかけると、

「いや、今ちょっと怖いもの見ちゃって」と、伊藤さんは怯えた表情です。

彼女の反応からして、やはりレミは霊になってしまったのでしょうか。しかし霊になると友情もなくなってしまうんですね。境遇が変わったら、女の友情はとだえてしまうのが世の常です。

(それにしても、あの悪霊退散的なリアクション、失礼すぎる。もうスピ系女子なんて信じない)

レミは虚しさとやるせなさに襲われながら、その場から去りました。

「ヌルラン、今の見た？　ひどくない？」とヌルランに訴えると、「もう余計なことは考えないで。ネガティブなことを考えるとそっちに引っ張られてしまうから」と、忠告されました。

22

なんとなく行き場のなくなったレミは、気付いたら浜松町近くの公園にいました。あの世に似せて作ったような、どこか浮世離れしている公園です。ここは入場料が必要なのですが、受付のおばさんはレミが入り口を通っても何も言いませんでした。そういえば昔、霊能者が、「映画館に行くとタダで映画を観ている霊が結構いる」と言っていた記憶があります。霊になってまで、カルチャーを追いたくない、とレミは思いました。だいたい映画を観たといっても、感想を語り合ったりツイッターに投稿もできないので、意味がないような気がします。それよりは、こうして公園をのんびり散歩している方が気がラクです。

もとは大名の庭園だったというこの公園は、ミニチュアの山とか東屋とか橋とか風流な意匠が凝らされていました。池の水面には近くのビルが反射していて、ゆらぐ鏡像は、まるで蜃気楼のようでした。カップルが楽しそうに小さい山を登っています。

自分とは何万光年もかけ離れた、人生の輝き。レミはなんとなく直視することができなくて、自然と公園の薄暗い方に引き寄せられてしまいます。暗い池の周りには、黒いモヤモヤした影が見えて、もしかしたら同志かもしれません。でも見たところ相当年季の入った不成仏霊のようで、もし私が幽霊ならばああなる前に成仏したい、とレミは思いました。

霊を霊とも恐れず、小鳥が近寄ってきました。胸のあたりが黒い、グレーと白のかわいい鳥です。何の為？　と心の中で問いかけたら、「セキレイ」という名前が浮かんだのはヌルランが教えてくれたのでしょうか。レミを導くように、ちょっと前を先導してゆくセキレイ。かわいいな、と和みながら、レミはついてゆきました。「次は鳥に生まれ変わるのもいいかな……」無垢な小鳥を見ていると、レミにそんな思いが芽生えました。セキレイは、池のほとりの浅瀬に入ってゆき、バタバタと羽をはばたかせ、体を洗っているようでした。近くにスズメが数羽寄ってきましたが、セキレイは気にせず体を洗い続けています。

「あなたも1人なのね」とレミは心で語りかけ、親近感を覚えたのもつかの間、「ピーピー！」と高い声で鳴きながら、もう1羽のセキレイが、どこからともなく飛んできました。「ピー！」と水浴びしていたセキレイもそれに呼応し、2羽の小鳥は追いかけっこするように、数十メートル先の島目指して飛翔。「なんだ、カップルだったんだ……」孤独感が増し、レミは公園を後にしました。

結局、寂しくて伊藤さんの家にきてしまいました。ヌルランは、そんなレミを上空から黙って見ていました。気がすむまでやりたいことをやったらいいよ、と言っているようでした。

伊藤さんはパソコンでダライ・ラマ法王来日のニュースを見ていました。さすがスピリチュアル系です。そこから彼女は法王の腕に高そうな時計が光っているのを目にとめ「ダライ・ラマ　時計」で検索。そして、ロレックスを複数所有しているらしいことを知り、ショックを受けたように放心していました。

「わかるわかる。ブータンの王妃がエルメスのバッグ持っていた以上の衝撃だよね」

レミは後ろから腕組みして、伊藤さんの背中を見つめていました。伊藤さんはブルッとして、背後に気配を感じたのか、怯えたように振り向きました。そしてレミの存在に気付いたかのようでした。

「不成仏霊　除霊」で検索した伊藤さん。そして出てきたホームページには「不成仏霊や地縛霊、浮遊霊を総称して低級霊と呼びます」と書かれているのを後ろから見たレミはショックを受けました。

「私が低級霊？　そんな……そこまで堕ちたとは」

伊藤さんも、せめて「供養」で検索してくれればいいのに。情けも何もありません。伊藤さんは棚から粗塩を取り出し、体に振りかけました。それから「スペースクリアリング」と書かれたスプレーを噴霧。レミはその刺激で咳き込みました。まるでゴキブリを退治するみたいな、霊の人権、霊権を無視した行為です。それでもまだレミがいることに気付くと、こちらに向かって、

「あなたは死んだの。わかってる？　だから行くべきところへ行って！」と強い口調で命令してきました。相手が霊だとこんなに態度が威圧的になるとは。彼女は天使とか宇宙人とか高次元の霊には良い顔をするいっぽうで、一般霊に対しては文字通りの塩対応。霊によって態度が違うなんて、正直見損ないました。レミはもうこうなったらしばらく伊藤さんにつきまとって困らせたくなってきました。

伊藤さんはおもむろにトートバッグを持ち、出かける支度をしだしました。どこに行くのかわからないけれど、とりあえずついていくレミ。伊藤さんは家を出ると小走りで通りを渡り、どうやら神社に向かっているようでした。

「午前中の神社だったら結界が強くて入れなかったと思うけど、夕方だから入れるよ」

どこからともなくヌルランの声がしました。レミが不成仏霊になってもついていてくれるとは頼もしいです。

しかし敵もさるもの、伊藤さんは大きくかしわ手を打って二礼二拍手し、本殿で参拝。それからバッグから取り出した小さい紙を開き、読み上げました。

「かけまくもかしこきいざなぎのおおかみ……」

すると魔法が出てくる映画のように空間が湾曲し、見えない透明の壁が出現。

「もしかしてこれは、大祓いの祝詞《のりと》?」

「はらえたまいきよめたまえとまおすことの……」

レミが伊藤さんに近づこうとしたとたん、透明な壁にはじき飛ばされてしまいました。そして10メートルくらい後ろの鳥居に引っ掛かり、そこからはもう中には入れなくなりました。

「きこしめせとまお~す~」

「何がまお~す~、よ、うっゲホゲホ……」

レミは息苦しさに襲われ激しく咳き込みました。

「くっ、い、伊藤さん、ひどい……」

女の友情はなんだったのでしょう。人間不信になりそうです。

レミは人恋しくなって、雅之を思いました。すると、彼のいるところへワープできました。彼は戦闘服に身を包み、銃を構えていました。

いつの間に傭兵に……？　とレミはフリーズしましたが、よく見たらエアガンで、サバイバルゲームに興じているようでした。お台場の一角にあるサバゲーの施設で見えない敵と闘う雅之。陰謀系のネットを眺める生活から1歩外に出ただけでもマシというべきでしょうか？　彼に銃口を向けられ、レミは逃げるようにそこを離れました。霊になっても銃は怖いです。

心の隙間を埋めるように一瞬だけ好きだった風祭さんの様子も見てみました。すると、彼はどこか個室の和食の店で、お偉いさんっぽい老紳士と2人きりで食事していました。あやしい空気が漂っています。老紳士は、「カシミアのセーター、よかったら着てみて」と風祭さんにプレゼントしていて、見てはいけないものを見てしまったようでした。彼が活躍していた裏には、夜の営業活動が……。取り乱したレミが慌てて立ち去る時、バチッというラップ音がして、2人はビクッとしました。

何となく気になって、平沢さんのことを思うと、彼女は家でノートパソコンの前に座っていました。モニターを見ると、巨大掲示板の雑誌のスレッドに編集長の悪口を書き込んでいるところでした。実はSMプレイにハマっているとかマッチングアプリでワンナイトラブとかあることないことを。彼女の表情は黄色がかって、般若のようでした。霊よりも人間の方が恐ろしい……。しかし平沢さんの心の内側にも苦しみがありました。いつまでも編集長になれないコンプレックス。それどころか、今の編集長によく思われていないため、次の人事異動で別の部署に行かされそうな気配もあります。自分が飛ばされそうなので、立場の弱いフリーランスの仕事を干すことで、相手にも同じ苦しみを味合わせようとしている……そんな彼女の心の内が一瞬で読めました。彼女もまた気の毒な人なのだとレミは思いました。

気を取り直して、次は由香のところに行きたいと念じました。照準を定めれば行きたいところへ行けて霊は便利です。由香は彼氏とミッドタウンの地下にいて、食材を買っていました。

「明日の朝、サラダ作るんだけど、具はハムでいい？」

「えーっ、生ハムがいいよ」

「なんで？　ハムのほうが安いんだけど」

「サラダは絶対生ハムが合う」

「でも4枚で600円だよ」

「たまにはいいだろ、ケチなこと言うなよ」

2人は生ハムか普通のハムかで言い争っていました。もちろんレミのことには全く気付かず。由香はしょっちゅう彼と別れるべきか相談してきたけど、こうして見る限りお似合いだよ、末永くお幸せにね、とレミはほほえましく思い、心の中で友人の幸せを祈りました。すると体が軽くなってきて、ふわっと持ち上がりました。

「あ、成仏しそう……。なんとなくつかめてきた。ヌルラン、一緒に来て」

レミは三途の川のほとりにいました。三途の川の川幅は4〜5メートルくらいに見えます。もしかしたら人によって幅は変わってくるのかもしれません。レミはしばらく川の流れを見つめていました。「ヌルラン、あの川、渡ったほうがいいかな?」「流れが速そうだし、お迎えが来てからでいいんじゃない」「そうだよね、急流に流されたら溺死しそう。あ、もう死んでるか」

レミは後ろを見ると、そこには建物がありました。2階建てくらいの白い建物で、1階は半透明のガラス張り。空港のような雰囲気でなかなかおしゃれな建築です。

「そういえば、三途の川のほとりには、あの世土産の店があるって聞いたことある!」とヌルラン。

「えっこの期に及んで買い物できるの?」

レミは驚き、高揚してきました。建物の中は閑散とした空港のショップのようでした。白い台には商品っぽいものが並んでいます。おまんじゅうとか、タオルとか、白っぽくて、やはりしめやかなラインナップです。

「お土産といえばヨックモック欲しいんだけど、さすがにないかな……」とレミが思うと、イメージしたヨックモックっぽいクッキーの缶がポワッと出現しました。お金は持ち合わせていないのですが、周りのお客を見ると、イメージして出現した品物は自分のものとしてキープできる暗黙の了解があるようです。

「これは亡くなった母方の祖父母へのお土産。横浜のおじいちゃんとおばあちゃん、洋風の生活していたもんね。父方のおじいちゃんは、和食が好きだったから、ゴマのお煎餅がいいかな」

念じると、目の前にガサッとお煎餅の袋が現れました。

「やっぱり0円なんだ！」

と、無料にテンションが高まるレミ。しばらく空港内をぶらぶらしていたら、ちょっと疲れてきました。しかしこの施設は基本ストイックで、水は売っていますがコーヒーや紅茶を飲めるカフェはないようです。

「スタバかタリーズくらいあっても良いのに、なんで!?」

レミは思い通りにならない苛立ちを感じました。毎日のようにコーヒーショップに行っていたのに、それができないとなると、ストレスを感じます。

「見た目はおしゃれな外観の建物なのに、中はショボくてがっかり。死人は末期の水でも飲んどけってか。もしかしてあの世にもスタバやタリーズやディーン&デルーカがないっていうこと？　そんなの耐えられない！」

レミは心の中で叫び、怒りの念を原動力にまたシュルシュルと現世に出戻ってしまいました。

23

レミは気付いたら素敵な感じの商業施設にいました。さきほどまであんなに行きたいと思っていたディーン&デルーカや、他にもカフェが並んでいるのが見えました。どうやら無意識のうちに、六本木の東京ミッドタウンに来ていたようです。ミッドタウンの地下にある石のオブジェの周辺は、霊的にも落ち着きました。何度も行った場所なので内部は把握しています。地下の食べ物屋さんが並んでいるコーナーを歩き、食べ物のエネルギーを吸収していたらつかの間の満足感が得られました。各店舗から、お寿司や焼き鳥、フォー、ソーセージ、スープなど、ビュッフェのように料理のエネルギーをもらいます。ディーン&デルーカは2軒あるのですが、奥の方が広くて人もたくさんいたので、霊が混じっていてもそんなに気付かれなさそうでした。塩キャラメルラテが飲みたかったレミは、レジに並んでいる女性に向かい、塩キャラメルラテ、塩キャラメルラテ、と念を送り、彼女がそんなことも知らずになんとなくオーダーしてしまった塩キャラメルラテが出てくると、その香りと湯気を吸い込みました。その女性はわりと操りやすいことがわかったので、カフェで休憩したあとはイデーに行きたい、と念じて、上の階に行かせて、自分が欲しいポーチやらお皿やらを買わせ、シヨッピング疑似体験。実は霊に物を買わされている人は結構いるのかもしれません。そんな風に、レミはしばらく何人かの人についていって、施設内をぶらぶらしました。生きているときとそう変わりありません。というか、ずっと生きながら死んでいたような、無目的に漫然と生きていたような気がしてきました。

でも霊になれば、この世のルールに従う必要がありません。例えばエレベーターに乗っている時。普通の生身の人々は目的の階数のボタンを押して、止まって扉が開けばそこで当然のように降りていきます。しかし霊は自由です。レミは、「何かダルいし、エレベーターから降りたくない」と思ったので、後ろの壁にもたれて、ぼーっとしていました。エレベーターから降りたくなければ降りなくていい、なんて、普通の人だったら不審者扱いです。レミは入ってくる人、出ていく人を眺めながら、ロープ式で上下に動く箱の中にたたずんでいました。もはや時間の感覚もありません。ベビーカーを押した幸せそうな家族連れ、デート中のカップル、1人で買い物に来た女性、外国人観光客など、様々な人が通り過ぎてゆきました。エレベーターの中は、基本あまり喋ったりせず、皆静かに乗っています。喜怒哀楽もない静かな空間で、真顔の人々に囲まれていると、心が静まり、レミは霊界と近いような空気を感じました。

「霊界にもエレベーターがあるよ」と、ヌルランの声がしました。

「死んだあと行く場所と、上の世界をつなぐエレベーター。途中の階層は通過していくんだよ」

「途中には何があるの?」

「人が囚われている世界。趣味でも習慣でも宗教でも。魂の純度が高い人は、囚われの世界に引き寄せられることなく、ピューッと上まで行ってしまう」

ヌルランの話はレミにとってはまだ遠い世界の話のようでした。あの世に行きかけて、また戻ってきてしまった身にとっては。

「いつかそのエレベーターに乗れるのかな。でも、趣味にハマる世界も楽しそう」

そこでは、延々と趣味のフラダンスを踊っている人や、アイドルの追っかけをしている人、テニスをプレイしている人、カードゲームに興じる人、盆栽を育てている人、宗教の儀式を続けている人などがいるのでしょう。

「私には趣味がないと思っていたけれど、もしかしたら、延々とブログアップしているのかもしれない。それもゾッとする。そもそも霊界のパソコンの通信速度はどうなっているんだろう」と、レミは細かなことが気になってきました。霊界にもユーチューバーがいるのでしょうか？　そう思った瞬間、意識が向いたからか、目の前に染谷のビジョンが浮かんできました。染谷はホラーゲームをプレイして、その実況をしているようでした。それに対し視聴者からのコメントが流れていきますが、「クソつまんない」「ウザい」「ステマ？」といった、ディスる内容が多く見られます。染谷は無言でそれらをスルーしていました。彼の心はこうしたディスりによって殻に覆われていき、閉ざされてしまったのかもしれません。広告収入と引き換えに、自分の心を摩耗してしまっているのです。レミはそっと彼の肩に手を置きました。霊界で動画を流したら、不成仏霊からどんな罵詈雑言が飛んでくるのかわからないので、遠慮したいです。ネットの世界について思いを馳せていたら、エレナの姿も浮かんできました。エレナは部屋でスマホを眺めていました。誰かのインスタグラムを見ているようです。

まだ10代くらいの若くてかわいい女子が、海外から来日した有名デザイナーとのツーショット写真をアップしています。それから、平沢さんが「アップカミングなリリーちゃんに夢中！」とコメントをしていました。エレナはため息をつくと、アプリを閉じました。複雑な表情を浮かべているエレナの気持ちが、痛いほどわかります。たぶん、新たなスターが出てきてしまって、自分の人気が下降しているのを肌で感じているのでしょう。「誰もが同じ道を辿るんだ」と、レミは思いました。この世でちょっと人気が出ても、そんなのは長く続きません。泡のようなものです。

ヌルランがジャグジーに入っているビジョンが浮かびました。ひれで水面を叩いて遊んでいるようです。

「私たちのやっていることは、水面の上をかき混ぜているようなものなのかもしれない。生まれては消えていく水泡のように、めまぐるしい世の中。未来永劫、後世に残るものなんてないんだ。どうしても残したいものがあったら、古代の人みたいに石板に彫ればいいのかも」とレミは思いました。石板インスタグラム、結構斬新です。

後世に名を残している作家の代表格といえば紫式部ですが、ずっと売れ続けているように見える彼女も、実は苦難の道を歩んでいました。中世には地獄に堕ちた存在と恐れられていたのです。リアルすぎる小説を書いて人々を惑わした罪で地獄へ……。

当時はそんな紫式部を供養する法事が行われていたといいます。また、ある霊能者によると、紫式部は、その後わりと最近生まれ変わり、作家になったそうですが、その作品は箸にも棒にもかからず、世に認められないまま亡くなってしまったとか。そして紫式部の霊はあの世で怒り苦しんでいるらしいです。大作家の私なのになんでこんな屈辱を!? と、プライドをズタズタにされて、魂が浮かばれていないという説があります。レミはその紫式部の霊について意識を向けかけましたが、あまりにも悶々とした、どす黒いエネルギーを感じて、あわててシャットダウンしました。

苦しんでいるのは自分だけじゃないと思って、レミは少し元気が出てきました。エレベーターからやっと出ると、ミッドタウンの外に出ました。

ミッドタウンの建物の離れには美術館が建っています。石造りの建物で、以前は何となくそこには足が向かないというか、展示は面白そうでもあの建物にはちょっと近寄り難い何かがありました。ちょうど「デザインの解剖展」をやっていて、明治のきのこの山のデザインなどを検証している展示に興味をひかれ、レミは会場へ。霊はどこでも入場料無料の霊優待があります。中にはピンク系映画館やストリップ劇場に行く霊もいるでしょうが、レミは死んでもなおカルチャー系でありたいと思っていました。

しかし展示室に向かう狭い階段を進んでいくと、突き当たりに黒い影が佇んでいるのに気付きました。何ともいえない不穏な気配を醸し出しています。黒いもやもやしたものに目を凝らしていると、鋭い目と黒いブーツ、軍服のような服装が見えてきました。日本軍の兵士？　ミッドタウンにはそういえば昔軍隊の施設があったと聞いた記憶が……。霊になっても、さすがに日本兵の霊と遭遇すると怖くて、レミがその場に固まっていたら「ここはお前が来るところではない!!」という低い声が轟いて退散しました。地縛霊は縄張り意識が強いようです。

レミはさらなる安住の地を求めて、街をさまよいました。その家の守護霊が強かったり、生命エネルギーが強い人が住んでいたりする家には近づけません。ミーハー的に芸能人の家に行こうとしても、やはりオーラが強いのと、守護霊が多くてはじかれてしまいます。

こんな時は実家に帰るべきでしょうか？　実家になんか行ったら、ますますこの世から去り難く、地縛霊となってしまいそうです。レミは実家を出てからも、たまにグーグルストリートビューで実家を見ていたので、望郷の思いは強い方でした。霊となっても、まだ実家は最後の砦として残しておきたいです。両親が悲しむ姿をもう見たくないという思いもありました。いっぽうで、１人で住んでいたマンションの部屋は、いつの間にか荷物が片付けられ、自分の居場所ではなくなってしまいました。

レミは、かつて自宅があったあたりを歩いていて、ふっと入りやすそうな家を見つけました。住んでいたときは無意識のうちに通り過ぎていたような地味な一軒屋です。表札には「服部」とありました。中はおしゃれでも貧乏くさくもなく、普通の家でした。カーテンはマリメッコで、レミ的には合格でした。何日かお邪魔しているうちに、服部家は3人家族で、父親はシステムエンジニア、母親はパート、20代の娘はギャラリーでバイトしていることがわかってきました。レミは娘の貴子について行って、アートを鑑賞するのが楽しみでした。若い女子なので華やかな場所にも同行できるかもしれません。久しぶりにテンションが上がってきました。しかし貴子には、たまにアート系のレセプションの招待状が来るのですが、まあ行かないです。ひどいときは封も開けません。レミが封筒の存在を知らせようとして、渾身のエネルギーをこめて床に落としても、そのままになっています。パリピだったレミには、パーティに行かないという選択が信じられませんでした。悶々として不成仏ポイントが溜まってしまいそうです。「だいたいなんでいつもモッサリした格好しているの？　若いんだからもっと肌を露出して、人生を楽しめばいいのに」と、都心に出た時に服を買わせようとしても、彼女は店に目もくれず、とくに消費活動せずに直帰。「若者が物を買わなくなっているって、本当なんだ……」とレミは世代間のギャップを実感し、ますます居場所がなくなる思いでした。

24

死んだら人はどうやって承認欲求を満たせば良いのでしょう。貴子は信じられないことにインスタグラムもフェイスブックもブログもやっていませんでした。さらにスマホではなくガラケーです。もし何かSNSの類いをやってくれていたら、さり気なく写真に写りこんだりして（デジタルカメラに写り込みがちな霊体、オーブとしてですが）、少しは承認欲求を満たせるのに。そう思ってレミが悶々としていたら、ヌルランが、

「あの世にもタブレットとかあるよ」と言ったのが聞こえました。

「夢の中で1度触ったことあるかも、それ。たしかすっごい遅いんだよね」

「そうだね。人によって速度は変わるけどね」

と、ヌルランが気になることを言いましたが、とにかく現世の通信環境の方がレミ

にとっては快適です。デジタルの世界も霊界みたいなものかもしれません。灰色の粒子だけの世界に、今はなじみたい気持ちです。ネットの中に入りたい衝動にかられますが、入ったら出て来られなさそうな、そこはかとない恐怖があります。

貴子がギャラリー勤めと知って期待していた、展示会のオープニングパーティも地味なものでした。訪れる人もまじめそうだし、飲み物も使い捨てカップに安いワインかウーロン茶だし、つまみはハナマサで買ってきたスナックで、ケータリングとか頼む発想もないみたいです。

「まあ、ファッションブランドのパーティと比べるのもかわいそうだけどね」と、レミは上から目線で会場を品定め。アート業界にはやはり霊感が鋭い人が多いのか、レミのいるあたりをチラチラ見る人もたまにいます。お邪魔しています、すみません、とレミは軽く目礼しました。

しかし全体的に会場の空気は悪くなくて、アート作品を眺めていると、癒される感もありました。動物のモチーフをプリミティブなタッチで描いていて、トラやゾウ、ウミガメ、そしてイルカまでいました。絵のイルカと目が合い、レミはヌルランがここに導いてくれたのかもしれない、と思いました。

自分が霊になったら、ヌルランの姿がはっきり見えてくるのかもしれないと思っていましたが、前と変わらず、時おり断片的に目や口のビジョンやシルエットが見えるくらいです。高次元のヌルランに教え導いてほしいのに……。そう思ってイルカの絵を眺めたら、イルカの瞳が少し切なげな光を宿したように見えました。

レミは貴子がギャラリーから帰るというので、一緒についていこうとしました。貴子は、お腹が空いたのか途中、カレー屋に入っていきました。レミも一緒に行こうとしたのですが、入り口ではね返され、どうしても中に入れません。そのカレー屋さんはベジタリアン向けでいかにも波動が高そうです。一瞬開いたドアの奥に、壁にシヴァ神やらガネーシャやら神様の絵がかかっているのが見えました。

「そうか、結界が張られているんだ……。神様の絵とかハーブとかには魔除《まよけ》効果があるのかも」

レミは、自分が結界に入れない魔の側の存在なのだと思って哀しくなりました。今後、身の振り方はどうしたら良いのでしょう。1つ目は、このまま地上をさまようちに魔物としてパワーアップする道。2つ目は、自分の中のいらないものを手放し身軽になってあの世へ行く道。

人として成仏するのが真っ当で一番いいことはわかっています。でも、レミにはまだ物欲や食欲、パーティ欲など未練がたくさん残っていました。また、こういっては何ですが魔物や不成仏霊になる道にも、心の片隅では少し魅力を感じていました。例えば、伊藤さんを何度も訪ねて、怖がる姿を見るうちに、もっと脅かしたいという欲求が芽生えていたのは否定できません。怖がるというM的な反応が霊心を刺激するのです。霊としては、どう出るかが、クリエイティブ精神の見せどころでもあります。昔、ダイアナ元妃が亡くなった後、どこかの教会のステンドグラスの写真に写りこんでいたのを見て、さすがロイヤルファミリーのセンス、と脱帽したものです。伊藤さんを脅かす方法も、もっとこなれてきたら、いろいろ試してみたいです。排水口に大量の髪を絡ませるとか。金縛りの時、ふわっと浮いていて「フフフフ」と笑ってみせるとか、洗顔して顔を上げる瞬間に、ふっと鏡を横切るとか。こうやってアイディアを考えている間も、もう彼女のもとに飛んでいきたいくらいです。ついでなら、染谷とか雅之とか風祭さんとか、それぞれ相手によって出現方法を変えてみたい。染谷のユーチューブの動画に映りこむのもいいですし、霊的なものを信じてなさそうな風祭さんは、ガチな出現方法で怖がらせたいです。月並みですが金縛りからの覆いかぶさり？　雅之はDJなので、やはりラップ音に反応してくれるでしょうか。でも由香や他の女友だちを怖がらせるのは自粛しておきます。下手に夜、女友だちの家に行って、彼と性行為をしている場面に遭遇したら気まずいです。正直、見たくありません。こうやって、霊的な演出を考えるとワクワクしてきます。禁じられた楽しみです。真っ当な成仏への道はいつか進むにしても、とりあえずやりたいことをやってからでも良いでしょう。

せっかく霊としてどこにでも行けるようになったから、ホストクラブを体験してみたいとレミは思い、次の瞬間歌舞伎町にいました。ギラギラした看板には、イケメンの写真が浮き上がっています。どこに行ったら良いのかわかりません。そしてこの街は黒いもやの人影がたくさんいます。霊密度は高めです。

「生と死は映し鏡のようなもの。生の中に死があるんだよ」

……と、また、ヌルランがドキッとするようなことを言いました。生というか性がうずまいているこの街には、エクスタシーを借りて昇天する、あの世へのポータルの穴があちこちにあるのが感じられます。

何気なく入ったビルの2階の店舗。スーツ姿のホストと、女性客がテーブルで会話しています。お互いのスマホを見たり、服をホメたり、他愛ない内容。若い女子ばかりの客層ですが、1人年がいった女性がいる……と思ったらなんと平沢さんでした。彼女の知られざる面ばかり見せられています。仕事の重圧からストレス発散したいのでしょうか。

「じゃあ、雅くんナンバーワンにしたいからシャンパン入れちゃおうかな〜」

「さすが姫様！　ありがとうございます」

「じゃあこのクリスタルで」と、どうやら10万円クラスをリクエストしたよう。するとミラーボールが激しく回転しだし、ホストが全員平沢さんの周りに集まってきました。

「ナンバーワン！　ナンバーワン！　姫様ワッショイ！」「ホイ！　ホイ！　ホイ!!」という叫びでさらに臨死体験しそうです。シャンパンの栓が開き、グラスに注がれ、残りをラッパ飲みするホスト。金色の泡であたりが浄化され、霊にはいづらい空気になりました。レミはあわててその場から立ち去りました。

そしてまた伊藤さんの部屋にふらふらと行ってしまったレミ。伊藤さんはもう除霊できたとすっかり油断して、部屋でお菓子を食べながらまとめサイトを見ていました。霊としては波長を合わせやすいダークなサイトから、適度に負のヴァイブレーションが流れてきます。芸能界の不倫ネタやドラッグネタを見て伊藤さんはニヤニヤしていました。輝いている人が堕ちていく様を見るのが快感、それは人間ならではの遺伝子に刻印された負のカルマです。

「わかるよ、おもしろいよね」と、レミは伊藤さんの耳元でささやきかけました。伊藤さんはビクッとして、怯えた目で振り向きました。

「また来た……」とつぶやくと、伊藤さんは半泣きの表情で小刻みに震えだしました。怖がってる怖がってる、とレミは楽しがる反面、やはり淋しさも感じていました。

存命していた頃、伊藤さんと一緒にスピリチュアルイベントに行って、そのあとカフェでお茶して、

「前世またチベットの僧侶って言われちゃった〜」

「わかる！　伊藤さんオレンジの衣とか着てそうだもん」

なんて前世トークで盛り上がった思い出が走馬灯のようによぎります。友だちだったのに、今はゴキブリ以上に毛嫌いされ、忌み嫌われている。女の友情は環境が変わると続かないのが世の常だけれど、人間と霊体なんて立場が違いすぎるから、友情なんて保てるわけないです。でも、あの時の好感は今はみじんも残ってないわけ？　淋しいです、伊藤さん。たしかあの時お茶代ちょっと多めに払ったのに。

「もしもし、玉城さん？」

伊藤さんはどこかに電話をかけはじめました。玉城さん、聞いたことがあるような、たしかそのスピリチュアルイベントに出ていた、ユタの血を引く霊能者かもしれません。

「わかりました。高尾山の神社に参拝すればいいんですね。それまではどうすれば？いるんですよ、今。はい。般若心経よりも光明真言ですか。今検索しています」

レミの霊力ではまだパソコンを操作することは叶わず、伊藤さんは光明真言を検索すると

「オンアボキャーベイロシャノー……」と棒読みですが、その言葉が矢のようになってレミに刺さってきて、慌てて退出しました。

でも、その後、エレナのところへ行ったら、彼女はパーティ会場にいて、久しぶりに見たら少し元気そうになっていて、安堵と懐かしさを覚えました。猫をモチーフにしたスイーツのパーティのようです。猫をかたどったマカロンやカップケーキが並んだガーリーでファンシーな空間は霊界以上に非現実的です。

「エレナの飼っていた猫も超かわいかったよね」と、横にいた女性が声をかけると、

「ああ、あの猫、実は死んじゃったんだ」「そうだったの、ごめん……」というしめやかなやりとりがありました。死について思いを馳せていたらエレナはレミのことを少し思い出したらしく、

「そういえばブロガーのレミっていたけど、彼女がもういないなんて信じられない」

と、言うと隣の女性が、

「その噂、聞いたことあったけど本当だったんだ。なんだかショック……」と、表情を曇らせました。もしかして、自分の死を悼んでくれている？　とレミは、知らない女性の方をじっと見つめました。

「私、レミさんのブログ結構読んでたのに。おもしろかったよね」

「うん。人気だったもんね。惜しいよね。密かにファンだったんだ。イルカの話とかもっと読みたかった」

エレナも同意し、2人で自分のことをホメてくれるという、滅多にない場面にレミは静かに感動していました。私が欲しかったのはこの言葉だった、とレミは強く思いました。粗塩やお経なんて全然いらない、ただ、認めてほしかった……正直、伊藤さんの除霊はまちがってると思った。霊をやたら怖がったり追い払ったりするよりも、生きている人と同じように、リスペクトを持って、ホメたり愛のある言葉をかけてあげたりするべきだと思う。忘れてないってことを言ってもらえると嬉しいです。これは霊側の意見です。よろしくお願いいたします。

レミは2人が自分のことを話題にして認めてくれているのを見て、心がすっと軽くなるのを感じました。少し成仏ポイントがたまったのかもしれません。ありがとう、という感謝の思いを心で唱える度に霊体が軽くなってゆきます。

そして去り際に「レミさん、仲良くなれたかもしれないのに。残念。東京の妹みたいな存在になりそうだったのに」

というエレナの言葉を聞き逃すことはできませんでした。えっ、妹？ ということはエレナの方が年上だったの？ もしかして、アラフォー？

今までライバル心で悶々としていたけれど、年上とわかったら一挙に彼女を受け入れる気持ちがわいてきました。そして許しと慈しみの心でさらに浮上……。

25

霊にはこの世の人が思っている以上に力があります。ポルターガイスト的なラップ音を発生させたり、部屋の中の物品を落としたりするのは初級編で、霊として念力が強まってくると、もっと攻撃的なこともできるようです。例えば、生前に嫌いだった人が解雇されるようにしむけたり、仕事の取引を終わらせたり。仕事以外でも、不測の事故や突然の体調悪化、ノロやインフルなども、時々霊が関与していることもあります。この世に見えている現実はほんの氷山の一角で、実際は目に見えない世界の影響が大きいのです。不成仏霊が仕事を妨害しようとするのを、本人の守護霊が防御したり、生きている人間のあずかり知らないところで『幻魔大戦』のようなことが起こっています。霊になってみると、その様子がよくわかります。レミは、エレナの周りに黒いもやがうごめいているのを見ました。彼女に嫉妬している女性たちの生き霊でしょうか。エレナが自撮りする度、シャッター音に悶えているようでした。彼女の美しさを妬み、なんとかしてデータを壊したいという念を感じます。染谷の周りにも、有名税的な生き霊だったり、パソコンや機材が並ぶ部屋の電磁波に引き寄せられる霊体が何体かいるのが見えましたが、守護霊でもないレミにはどうすることもできません。本人が明るく強くポジティブな魂にならないと、それらのものは祓えないのです。もしくは自分の周りのガードを強めるためには、日々守ってくれている守護霊に感謝すると良いでしょう。レミは、生きていたとき、もっと守護霊に感謝をして、絆を強めるべきだったと後悔しました。そうしていたら、こんなに早く死ぬことはなかったかもしれません……。

そういうわけで、やろうと思えば、レミは染谷のスポンサー企業を減らしたり、風祭さんがヘアメイクを担当している番組から降ろさせたり、平沢さんのシニア雑誌への人事異動を後押ししたりもできるのです。もしレミが強い恨みを抱き続けていたら霊の権限を発動させていたのかもしれませんが、今は魂が軽くなってきているので、そんなことをする気は起こりませんでした。

エレナが実は自分を認めてくれていたことがわかり、以前、染谷もレミの死を惜しむ発言をしていたことが思い出され、今のレミはささやかな充足感を抱いていました。承認欲求とも違う、もっと内側の喜びです。執着が薄くなった分、祝福のパワーが入ってきて、大いなる神とつながりができたような安心感があります。成仏的な状態に近づいているのでしょうか？　成仏がどんなものかは、レミにはまだ実感できません。検索すればわかるのかも、とスマホを探しましたが、どこかへ行ってしまって見当たりません。もう手放す段階になったのでしょうか。この世に最後に残る現代人の欲求、それはたぶん検索欲です……。今の若者世代がスマホを使い続けて50~60年後かに死を迎えるとき、もう体の一部となったスマホを手放すことができず、今際《いまわ》の際まで握りしめていることでしょう。そして死の瞬間に力を振り絞って「死」と検索する、そんな未来予想図がレミには見えるようです。そこまでスマホ依存になる前に、この世から去ることができたのは良かったとも思えます。

心が安らかになってきたので、最後に、友人知人に恩返ししようという思いが芽生えました。ホメてくれたエレナは、迷い猫が彼女のマンション前にやってくるようにしむけました。ロシアンブルー……はさすがに野良ではいないので、アメリカン・ショートヘアの混血でなんとか。由香と食い意地が張った彼氏は、2人が食事しているレストランでオーダーの間違いで無料でフライドポテトが食べられるように手配。「頼んでないです」「すみません、作っちゃったんでどうぞ」とお店の人に言われて、喜ぶ2人の姿が上空から見えました。陰謀好きの雅之は、もっと健康的なものにハマるように、友だちからフットサルに誘われるように念じました。風祭さんは、ただ夫婦円満を祈りました。それから、平沢さんは、いろいろあったことを水に流し、ホストクラブで好きなホストからバラの花をプレゼントしてもらえるようにしました。ただその前には高いシャンパンを入れる羽目になりましたが……。お金はあるのでなんとかなるでしょう。

など、ささやかな善行を手配していたら、心が軽く、透明になってきました。

レミは周囲を見回し、ヌルランの気配を探しました。今なら成仏できる気がします。

「ヌルランどこ？　私をあの世へ連れて行って」

しかし、返事はありませんでした。

この後、どうすれば良いのでしょう。誰かがアテンドしてくれるのでしょうか？

いつか読んだチベット密教の本には光に飛び込め、と書かれていたのが記憶にあります。でも、別のヨガの本には、暗闇を抜けた先に光がある、と書いてありました。守護霊であるヌルランに、導いてほしいところですが……。

「ヌルラン……？　高次元霊なら上の世界に案内できるでしょう？」

レミが何度か呼びかけると、

「……ごめん」という小さい声がしました。

「ヌルラン、どうしたの？　なんで謝るの？」

「僕にはその資格がない」

「えっ？　どういうこと？」

「実は、僕はまだ悟った存在じゃなくて修行中の身なんだ」

「今までリトリーバルもしていたじゃない」

「あれはかなりムリしてやっていて、もう力が残っていないよ……」

「どういうこと？」

「名前も実はヌルランじゃないんだ」

「えっ、待って。混乱してきた」

「もう水族館で働いていたときの芸名は忘れちゃったけど……」

「高次元のスピリットじゃなかったの？　一般のイルカ霊なの？」

「そんな人聞きの悪い……。ただ、波長が合ったからついていっただけなんだ。ずっと一緒にいたいと思って」

たしかに高次元の霊は、もっと言葉少なに深遠な啓示をもたらすような気がします。「高次元霊は表現が正確で、少ない言葉で多くを語ります」そういえば以前読んだチャネリングの本にこんな風に書かれていた記憶があります。こんなに親身に会話できたのは、低次元……とまではいかないけれど、中次元の霊だったから?

そのイルカによると、最初は高次元のヌルランもいたそうですが、レミの波動が粗すぎて離れていってしまったので、背後に隠れていた自分が出てきたそうです。

イルカはレミとの出会いについて告白しました。それはもう四半世紀前のこと。家族旅行でレミは両親と北海道に行きました。その旅の途中、立ち寄った水族館でイルカショーを見たのです。イルカを見たのがはじめてだったレミ。すっかりそのかわいさに夢中になりました。ショーが終わっても、エサを食べるイルカの姿をずっと見ていました。そこにいた1匹のイルカは、母親イルカと引き離されたばかりで、両親と一緒に来ているレミが羨ましいと心から思いました。レミがイルカに引き寄せられると同時に、イルカもレミに惹かれていたのです。

「イルカは半霊半物質みたいなところがあって、何かに惹かれると魂が抜け出てついていってしまう。僕は水族館の雇われイルカであると同時に、たまに幽体離脱して、レミと一緒にいたんだ」

「そうだったのね」

北海道のイルカに寿命が来たあと、そのまま霊としてレミと一緒にいることを選んだのでしょう。イルカの霊は純粋でポジティブで、人間の霊よりもちょっとだけ魂のレベルが高いらしく、幽霊的な存在でも上からアドバイスできたのです。

「でも今まで一緒にいてくれてありがとう」

「ごめん。甲斐性がないイルカで……」

一緒に成仏できないどころか、2人は人間の霊界とイルカの霊界、別々の世界へ行く運命でした。霊体となった2人はひしと抱き合いました。イルカの肌は魚というより、哺乳類っぽくて柔らかく包み込んでくれます。最後にレミは、渾身の思いをこめて、ヌルラン、じゃなかった北海道のイルカが霊界に行けるように祈りました。自分の成仏よりも、イルカの冥福を優先する気持ちが天に届いたのでしょうか。しばらくしてグレーの地平線の彼方から、ブルーで半透明の存在がやってきて、形ははっきり見えませんでしたが、水に属しているスピリットのようでした。あれがさらに高次元のヌルランのハイアーセルフだったのかどうかはわかりません。ただレミはもうこれからしばらくの間、イルカとは会えなくなるということは理解していました。霊にとって10年、20年、といった単位は短いのかもしれません。でも、今世で密に関係して、カルマ的な関係を解消してしまったら、もう会う必要はなくなってしまいます。それは淋しすぎる、とレミは思いました。霊体なので、泣きたくても涙は出ません。ただ切なさだけが胸をしめつけます。

もしかしたら、最後にイルカのスピリットに対して負のカルマを作ったら、また生まれ変わって2人はどこかで出会うことになる、そんな考えが急に浮かび、レミは去りゆくイルカの後ろ姿に向かって「下級霊のくせに、調子に乗んなよ!!」と叫びました。イルカは、チラッとこちらを振り返り、「うるせぇビッチ!!」と言い返しました。2人は罵り合いながらも心はつながっていました。

こうしてイルカのスピリットを成仏に導いたという善行によって、レミは無事に天国に昇っていくことができました。

26

レミは雲の間を通り抜け、上空に昇ってゆきました。前方に眩しい光が見えます。真っ白い光の中に、オレンジ色の曼荼羅のようなものが浮かんでいました。神々しい、というありきたりの言葉では言い表せません。見ているだけでも悟りそうなビジョンです。雲を抜けていく途中、鳳凰のような霊妙な鳥が飛んでいるのが見えました。そして、歓喜と癒しのハーモニー的な聖歌の合唱が聞こえてきて、もしかして人生の卒業式を祝ってくれているのかも？　と、レミはありがたさに包まれ胸が熱くなりました。歌っているのは天使たちでしょうか？　上空の雲の周りに、ルネッサンス絵画に出てきそうな天使たちが浮かんでいるのが見えました。彼らは見返りも何もいらない、無償の愛の波動を放っていました。文字通りノーギャラでやってくれているのです。俗世ではノーギャラのブログをやめて、ステマや広告入りのブログに移籍しようかと悩んでいた自分が恥ずかしいです。でも、今はそんな世知辛いお金の話から解放された感があります。最初にうろうろしていた、あの世の入り口とは次元の違う場所に行こうとしているのがわかりました。

　気付いたら青々とした草原に佇んでいました。どこまでも続く草原には、薄紫やピンクの花が咲き乱れて、かぐわしい香りが漂っています。美しい光景に、思わずスマホを出していつもの癖で撮影しようとしたら、持っていないことに気付きました。ネット断捨離できると思ったのもつかの間、現代人はスマホと一体化しているので、たとえ天国でも持っていないことで一瞬不安にかられてしまうのです。レミが少し心細くなったのに連動して、空がちょっと暗くなりました。スマホないけど、まあいいか。見渡したところ充電できるコンセントもなさそうだし、と気楽に考えると、それを反映するかのように空が明るくなりました。自分の意識が外界に影響しているとは。これは一体なんなのでしょう。夢のような光景ですが、現世以上の圧倒的なリアル感があります。

「すべては1つなんですよ」

どこからともなく声がしました。声は自分の内側から響いてきているようです。量子力学の父、シュレーディンガーによると、宇宙は1つの意識でできているそうです。

よく言われる「ワンネス」です。こちらの世界に来て、レミはだんだんその感覚がわかってきました。自分が不安でネガティブな気持ちになると、空がかげる。ポジティブになると、空が明るくなる。最初は半信半疑で、そこまでの影響力が自分にあるなんておこがましい気がしていたのですが、何度か繰り返すうちに確信してきました。私は世界。世界は私。すべては1つなのです。

もしかしたら現世でも、激しい怒りを感じた瞬間、宇宙のどこかで超新星が爆発していたかもしれません。外側の世界は内側の世界の反映でもあります。そういえば、たまに目を閉じた時、まぶたの裏に白く光る数多の星みたいなものが見えたことがあったけれど、あれは宇宙空間だったのかもとレミは思いを馳せました。

遠い宇宙から何かを学ぶために地球に生まれてきたのです。あてどなくパーティに行ったりしていましたが、たぶんすべては意味があってのことなのでしょう。その後、落ちぶれたことも含めて学びだったのです。ブロガーとして落ちぶれて、干されるのはかなり辛いことでした。人気があったときはチヤホヤしてくれていた人々からは連絡が途絶え、会っても知らないフリをされました。そして燦然《さんぜん》と輝き、注目を集めるエレナに嫉妬を覚えました。でも、今はそんな自分も認めてあげて、辛かったね、とねぎらいの言葉をかけたいです。もう嫉妬に身をやつす必要はないのよ、と。なぜなら、エレナも自分の一部だからなのです。それだけでなく、染谷も雅之も風祭さんも由香も猫もその他の大勢の皆さんも、海も山も川も沼も森も皆同じ宇宙の一部。だから、自他の区別なく、誰かの幸せは喜べばいいのです。人の手柄は自分の手柄です。自分の業績も皆のものです。逆に悲しみも分かち合っていいのです。

天国では魂が拡張し、思考も明晰になります。今、レミは、イルカのスピリットの気持ちもわかりました。ちょっとだけ背伸びして守護霊風を吹かせていたヌルラン。悪気はなく、純粋で気の良いイルカでした。今はイルカの霊界でもっと光り輝くための修行をはじめていることでしょう。彼を守護霊と崇《あが》め奉り、頼り切ってしまったことをレミは反省しました。守護霊にすぐに救いを求めるのではなく、自分の中心とつながることで、もっと強く生きていけたのに……。

「もう反省する必要はないよ。あなたはずっと愛されていたんだから。その愛の方に心をフォーカスして」

と、声が聞こえてきました。上の方から響いているので神様でしょうか。それとも本当のヌルラン？

「愛されていた？」

「愛」という単語は、都会でクールなふりをして生きてきたレミにとっては、生々しく、直面しづらいものがありました。ふと、レミの心に祖父母や両親の顔が浮かびました。絶対的な無償の愛をレミに注いでくれていた存在です。祖父母はもう亡くなっているので天国でゆっくり交流できそうです。しかし両親は、レミが逆縁で早くに亡くなったことを哀しんでいるに違いありません。怖くて、両親に意識を向けることができませんでした。

しばらくぼんやりしていたら、雲の間に映像が浮かんできました。病室でしょうか。初老の男女がいて、ベッドを整えたり、花を飾ったりしていて、「あっ、お父さんとお母さん……」と、すぐにレミは察しました。ずっと実家に帰らないでいるうちに、ずいぶん年を取ったように見えますが、懐かしくて、温かい情愛を感じて、レミは泣きそうになりながら、下界の2人を見下ろしていました。ベッドに寝ているのは、もしかして自分……？　死ぬ瞬間の映像を巻き戻して再生しているのでしょうか。

「いいえ、あれは今のビジョンです。正確にはあなたはまだ死んでいません」

どこからかまた声がします。

「どういうことですか？」

レミは、その神様的な存在に向かって尋ねました。

「4ヶ月ほど前、五反田の路上で事故に遭い、そのあとずっと植物状態になっているのです。でも、あなたはここへ来て、愛の価値や自分の生まれた目的を学び、自分の魂を実感することができました。あなたの症状は完全に癒されます」

「生き返るってことですか？」

「身体に戻るか、それともこのまま死に向かって歩いて行くか、あなたは自分で決めることができます。あなたの自由意志に委ねられています」

ここはとても心地良くて悩みもない素晴らしい桃源郷。でも、両親の姿を見てしまった今、レミの心に一縷《いちる》の迷いが生まれました。

「生き返ったら、臨死体験により癒しの力が得られるでしょう。それで、世の中の人を救うこともできます」

レミの頭に浮かんだのは、奇跡的な生還を果たし、ヒーラーとして脚光を浴びている自分の将来の姿でした。ブログの人気が出るどころか出す本もベストセラーになり、日本だけでなく海外でも出版。自伝が映画化され、影響力のある女性として雑誌の表紙になったり、世界各国で講演したり、栄誉ある賞を受賞したり。そして内側からにじみでる神々しい美しさで世の女性の憧れの的になります。救いを求める人々がレミに向かってさしのべる無数の手が見えます。自分の名前を呼んでいる人々の声がする……。そしてレミの回復を祈る両親の姿も。この世に生きていられることだけでも奇跡なのだとレミは思いました。

しばらく、下界の自分の姿を眺めて逡巡したあと、レミは意を決して言いました。

「戻ります」

辛酸なめ子（しんさん・なめこ）
一九七四年東京都生まれ。
漫画家、コラムニスト。
武蔵野美術大学短期大学部デザイン科
グラフィックデザイン専攻卒業。
著書は『辛酸なめ子の現代社会学』（幻冬舎）、
『ヨコモレ通信』（文藝春秋）、
『女子校育ち』（筑摩書房）、
『霊道紀行』（ＫＡＤＯＫＡＷＡ）、
『大人のコミュニケーション術』（光文社新書）、
『おしゃ修行』（双葉社）、
『魂活道場』（学研）など多数。
小説では『男性不信』（太田出版）などが既刊。

キャラクターディレクション　辛酸なめ子
キャラクターデザイン　鈴木成一デザイン室
ブックデザイン　鈴木成一デザイン室

ヌルラン

二〇一八年十月一七日　第一刷発行

著者　辛酸なめ子
編集・発行人　穂原俊二
発行所　株式会社太田出版
〒一六〇-八五七一　東京都新宿区愛住町二二　第三山田ビル四階
電話〇三-三三五九-六二六二　FAX〇三-三三五九-〇〇四〇
振替〇〇一二〇-六-一六二一六六
ホームページ http://www.ohtabooks.com/
印刷・製本　中央精版印刷株式会社
ISBN978-4-7783-1651-8　C0093